NOËL
Christmas in France

R. de Roussy de Sales

NTC *NATIONAL TEXTBOOK COMPANY* • Lincolnwood, Illinois U.S.A.

Copyright © 1987, 1982 by National Textbook Company
4255 West Touhy Avenue
Lincolnwood (Chicago), Illinois 60646-1975 U.S.A.
All rights reserved. No part of this book may
be reproduced, stored in a retrieval system, or
transmitted in any form or by any means, electronic,
mechanical, photocopying, recording or otherwise,
without the prior permission of National Textbook Company.
Manufactured in the United States of America.

6 7 8 9 0 ML 9 8 7 6 5 4 3 2 1

PREFACE

Christmas! A joyous occasion throughout the world—and nowhere more so than in France. *Noël: Christmas in France* will help you and your family celebrate the holiday season French style. *Noël* brings alive the rich traditions, not only of Christmas, but of New Year's and Epiphany as well.

Filled with history and legend, poetry and songs, stories and plays, *Noël* makes for rewarding holiday reading. From *Père Noël* to *Père Fouettard*, from the mistletoe to the *réveillon*, this book brings you the lore and atmosphere of the holiday celebration in France.

Noël: Christmas in France is written in simple French. To make your reading easier and more enjoyable, difficult vocabulary has been listed in a glossary at the back of the book. In the stories, unfamiliar words and phrases are glossed in the margins, so that finding the meaning of a word is all the more convenient.

Delightful illustrations enliven the pages of this book and help convey the charm of this special time of year.

Altogether, *Noël* will help you celebrate a merry Christmas season *à la française*.

ACKNOWLEDGEMENT

The author wishes to express his gratitude to the Cultural Services of the French Embassy for their assistance in providing some of the material for this book.

TABLE DES MATIÈRES

I NOËL ... 7
    La fête de Noël ... 8
    Le père Noël ... 9
    Le père Fouettard ... 11
    Saint Nicolas ... 11
    L'arbre de Noël ... 12
    La crèche ... 15
    Les santons ... 16
    Le gui ... 17
    La Messe de Minuit ... 18
    Le Réveillon ... 18
    Lettres adressées au Père Noël ... 19
    Anciennes coutumes ... 20
        Dans les châteaux ... 20
        En Bourgogne ... 21
        En Bretagne ... 21
        A Marseille ... 21
        En Auvergne ... 22
    Noëls de jadis ... 23

II CONTES DE NOËL ... 25
    La chasse Gallerit ... 26
    La nuit de Noël de Sophie ... 30
    Conte de Noël, de Maupassant ... 33

III POÈMES ... 41
    C'est Noël ... 42
    La Vierge à la crèche ... 42
    Père Noël moderne ... 45

IV CHANSONS ... 47
    Minuit Chrétien ... 50
    Il est né le divin Enfant ... 52
    Les anges dans nos campagnes ... 54
    La marche des Rois ... 56
    O Sainte nuit ! ... 58

	Nuit silencieuse	59
	Un Noël Blanc	60
V	COMÉDIES	61
	Le dindon de la farce	62
	Le marchand de santons	65
	La Noël, c'est la Noël	69
VI	LE JOUR DE L'AN	75
	Les Etrennes	76
	Les Visites	76
	La mendicité	77
	Le dîner du Jour de l'An	77
	Jetons de Vœux	78
	Conte du Nouvel An	80
	Marinette	74
VII	LE 6 JANVIER	83
	Une charmante coutume	84
	La galette des rois	86
	Mlle Perle, par Maupassant	90
VIII	VOCABULAIRE	110

I

NOËL

LA FÊTE DE NOËL

La Noël est la fête la plus célébrée dans le monde entier. Par la beauté de son origine, par le tendre appel de son intention, par les touchantes légendes qu'elle conserve, la Noël est la plus émouvante fête de la chrétienté.

Aux Etats-Unis, la fête de Noël se célèbre à peu près de la même manière partout. L'arbre de Noël, les cadeaux, le grand dîner, et même l'allure et le costume de *Santa Claus*, sont les mêmes dans tous les Etats.

Ce n'est pas le cas en France, pays constitué d'anciennes provinces qui étaient autrefois des duchés et des comtés entièrement distincts les uns des autres. Les différentes parties de la France ont conservé leurs coutumes d'autrefois, et même leurs superstitions. C'est pour cette raison que nous ne pouvons pas donner une description des fêtes, coutumes, et légendes de Noël qui s'applique à toute la France, mais devons prendre chaque région séparément.

LE PÈRE NOËL

Y a-t-il un *Santa Claus* en France?
Bien sûr, mais on ne le connaît pas sous le même nom.
Autrefois, c'était le petit Jésus, appelé plus tard le petit Noël, qui descendait par la cheminée pour apporter des jouets et des bonbons aux enfants sages.
Cette nuit-là, on disait que le ciel s'entrouvrait et le père Noël, escorté par ses anges préférés, venait habiter la terre où il avait vécu autrefois.
Le petit Noël a été remplacé en beaucoup d'endroits par le père Noël, ce bonhomme en costume rouge et à barbe blanche, connu en Amérique sous le nom de *Santa Claus*.
Toutefois, le père Noël n'est pas entièrement comme *Santa Claus*. Il agit différemment.
En France, le père Noël ne voyage pas dans un char traîné par des rennes. Il va à pied. (Il est vrai que les distances en France ne sont pas aussi longues qu'en Amérique.)
Le père Noël est accompagné d'un gentil petit âne qui porte son fardeau. Il laisse son âne devant la maison qu'il va visiter, met les jouets et les friandises pour les enfants qu'il va voir dans sa hotte et descend par la cheminée.
On disait autrefois aux enfants que la raison pour laquelle on faisait ramoner la cheminée au début de l'hiver était pour que le père Noël puisse descendre par la cheminée sans y rester coincé, ce qui aurait été tragique. Ceci était du temps où les petits Savoyards* devaient descendre eux-mêmes par la cheminée pour la ramoner.
En France, les enfants ne pendent pas leurs bas et leurs chaussettes devant la cheminée pour que le père Noël les remplisse de cadeaux. A la place, ils mettent leurs souliers, ou leurs sabots, devant la cheminée la veille de Noël.
Il est vrai que les chaussures, souliers et sabots ne contiennent pas autant que les bas. Heureusement, dans presque toutes les familles il y a un oncle, ou quelqu'un qui monte à cheval, dont on peut emprunter les bottes.

---

* *Savoyard*, nom donné aux ramoneurs parce que beaucoup de petits Savoyards venaient jadis à Paris comme ramoneurs.

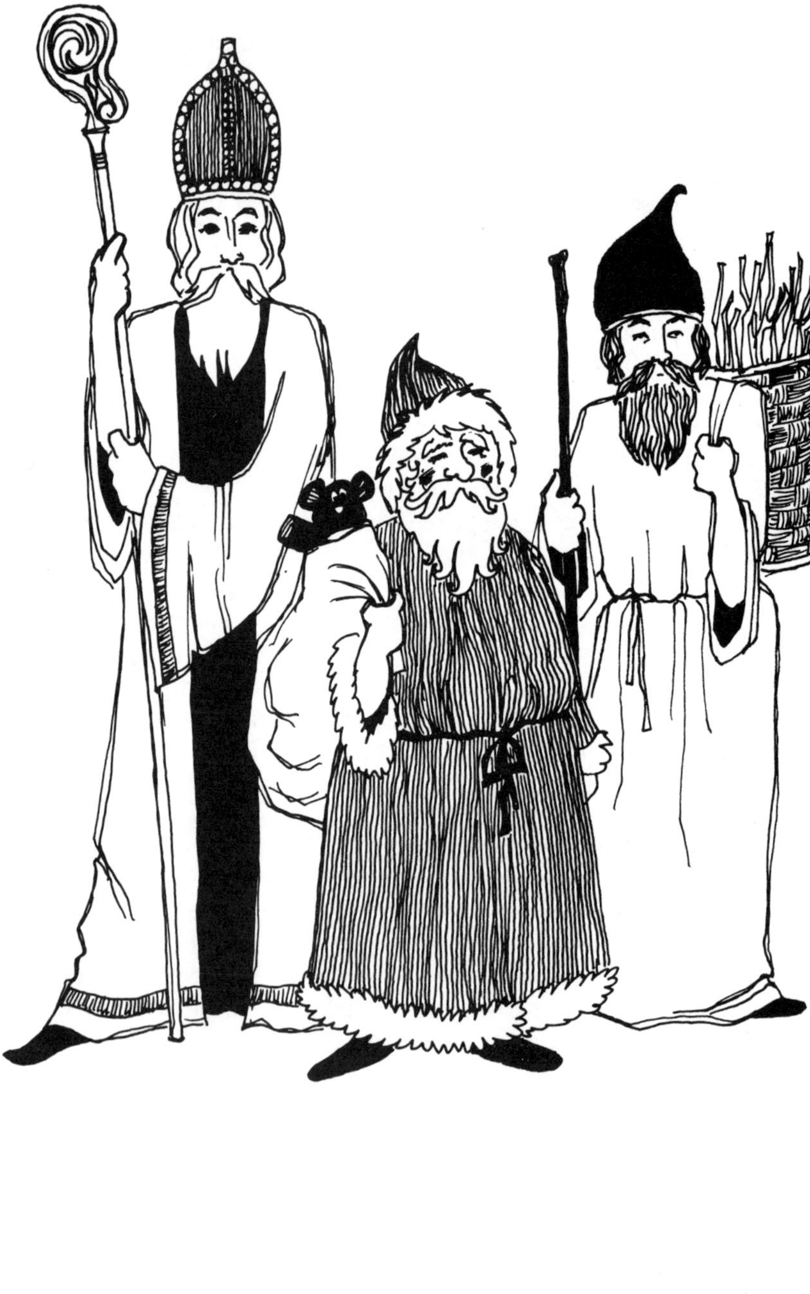

LE PÈRE FOUETTARD

En Alsace, et en beaucoup d'autres parties de la France, le père Noël a un compagnon, le père Fouettard, qui le suit et porte un chargement de verges et de martinets.

Le père Fouettard est un mauvais génie, hideux et repoussant. On le représente généralement portant une longue robe crasseuse et de couleur sombre, un chapeau pointu et une vilaine barbe grise, mal soignée.

Le père Fouettard laisse une poignée de verges et de martinets pour les enfants qui ont été méchants. Heureusement, le père Noël est toujours là pour modérer la terreur qu'inspire son redoutable compagnon.

Les enfants en France sont toujours très sages avant la Noël, car ils ne savent jamais pour sûr si c'est le père Noël qui viendra la veille de Noël pour leur apporter des cadeaux et remplir leurs souliers de bonbons, ou si, à sa place, le père Fouettard viendra et les sortira du lit pour leur donner une fessée.

SAINT NICOLAS

Pour les enfants lorrains, la fête de saint Nicolas, le 6 décembre, est une vraie fête.

Tous les enfants français savent que saint Nicolas ressuscita trois gentils écoliers qu'un méchant boucher avait tués, coupés en morceaux et mis dans un saloir.

Saint Nicolas étant si bon et, ayant accompli un tel miracle, cela n'a rien d'étonnant qu'il vienne distribuer des jouets aux enfants.

Dans les régions du Nord et de l'Est de la France, il remplace le père Noël.

Il vient pendant la nuit du 5 au 6 décembre. Il tient une crosse et porte une mitre, insigne de sa dignité.

Lui aussi est généralement accompagné d'un âne qui porte son fardeau.

L'ARBRE DE NOËL

L'arbre de Noël n'est pas de très vieille origine. Le premier arbre de Noël était le sapin qui fut présenté à la ville de Strasbourg en 1605 comme "saint arbre de Noël". Pour le décorer, on y avait mis des roses artificielles, des pommes, du sucre et des hosties peintes. Il symbolisait l'arbre du paradis terrestre.

En 1867, le jour de Noël, pour distraire son fils, Napoléon III fit planter un arbre de Noël au jardin des Tuileries. C'était le premier arbre de Noël parisien.

A l'époque, la coutume des arbres de Noël ne se pratiquait qu'en Alsace. C'est par pur patriotisme, après la guerre de 1870, que les Français l'adoptèrent. Pour manifester leur attachement à la province perdue, ils se mirent tous à planter leur arbre de Noël le 24 décembre.

Toutefois, la coutume des arbres de Noël n'est pas aussi répandue en France qu'elle l'est aux Etats-Unis, en Angleterre et au Canada. On en voit rarement dans les lieux publics. C'est surtout à Paris qu'on a adopté cette coutume. Là on voit des arbres de Noël éblouissants dans les vitrines de tous les grands magasins.

Les familles françaises qui ont adopté l'usage des arbres de Noël ont des idées très arrêtées sur ce qu'on doit mettre au haut de l'arbre: les opinions varient selon les traditions de chaque famille: les uns y mettent un ange, d'autres une étoile, d'autres le père Noël et d'autres l'enfant Jésus.

13

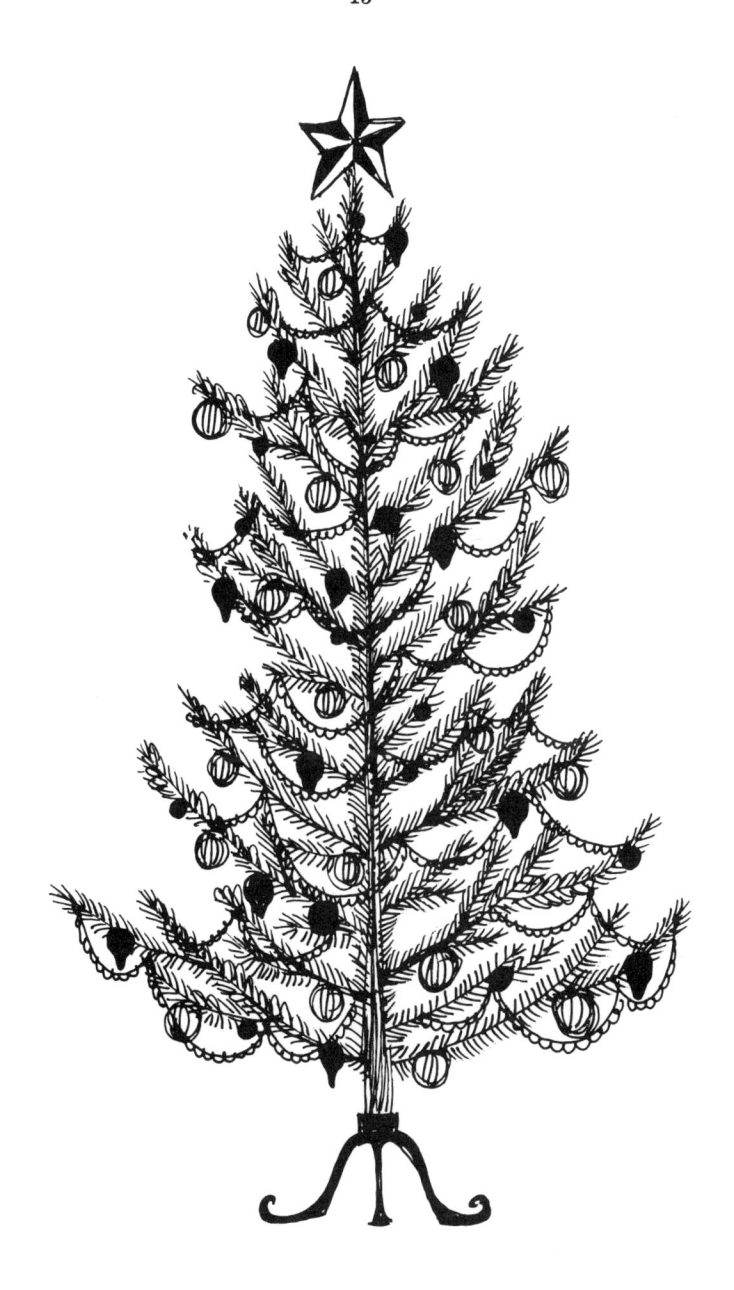

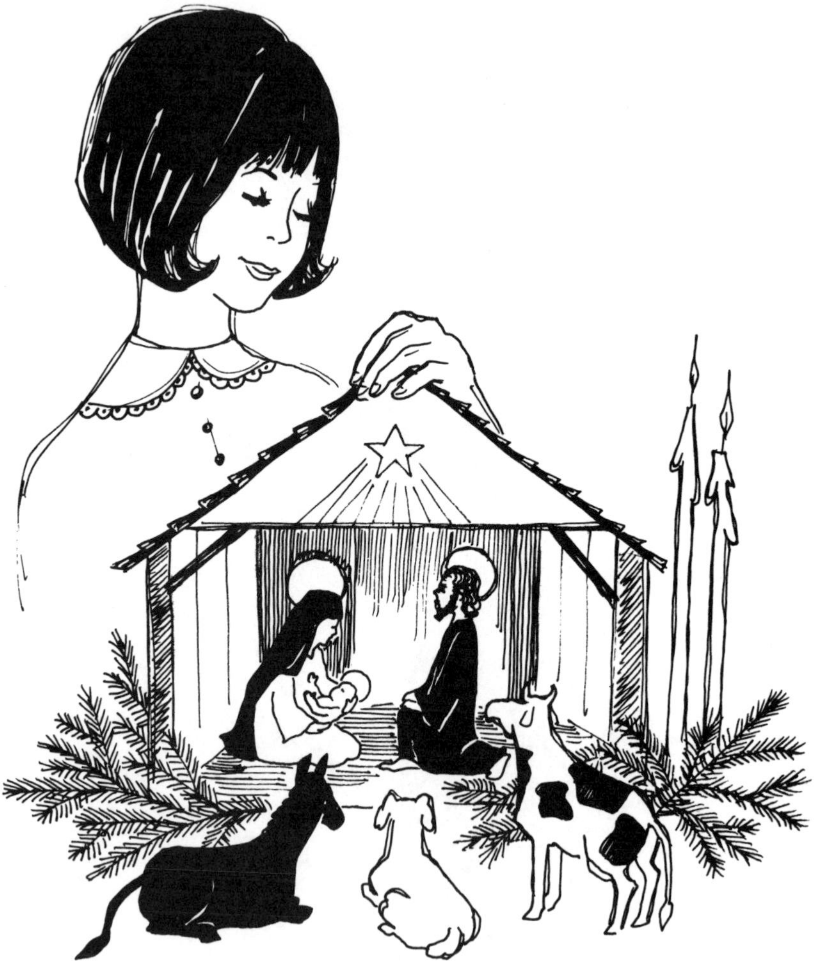

LA CRÈCHE

La crèche est une coutume qui remonte en France au XIIème siècle. Elle a son origine dans les drames liturgiques.

Autrefois, la crèche avait la forme d'un autel et était placée à l'intérieur de l'église ou devant le portail. On peut encore voir de ces crèches anciennes dans la cathédrale de Chartres et dans les églises de Chaource, de Nogent-le-Rotrou, de Sainte-Marie d'Oloron, et aux musées de Marseille et d'Orléans.

La première crèche fut, dit-on, construite par saint François d'Assise, en 1223. Ce saint si doux, si simple, si humble, trouva un soir de Noël, dans la forêt des Abruzzes où il s'était retiré, une étable abandonnée. Il y porta une statue d'enfant qu'il coucha sur la paille; puis il alla chercher un bœuf, un âne et un mouton. Ceux-ci qui étaient ses compagnons—car toutes les bêtes l'aimaient —le suivirent volontiers.

Quand la nuit fut tombée, le saint se mit à chanter. Il chantait en latin, en toscan, et aussi en provençal car sa mère était née dans cette province. Un cerf surmonta sa timidité naturelle pour venir l'entendre; puis une biche, puis une grive. Toutes ces bêtes écoutaient comme en extase la douce voix. Des bûcherons, intrigués, s'approchèrent à leur tour et entonnèrent avec le saint les louanges du Divin Enfant. D'un village voisin accoururent les paysans . . . et ce fut la première crèche.

En Provence

La Provence, seconde patrie de François d'Assise, fut la première province à suivre l'exemple du saint. Dès le XIIIème siècle on vit des crèches dans les églises provençales, des crèches "grandeur nature". Lorsque sonnaient les douze coups de minuit, tandis que les fidèles chantaient des cantiques, la grande porte du sanctuaire s'ouvrait à deux battants, livrant passage à une curieuse procession: deux bergers portaient sur un brancard garni de feuilles un vrai petit enfant. Ils étaient accompangés de personnages costumés: l'un représentait saint Joseph, l'autre la sainte

Vierge, et d'autres, en somptueux atours, étaient les rois mages dont l'un ne manquait pas de se noircir la figure à la suie, en souvenir du roi nègre, "lou roi mourous", comme ils l'appelaient. La cérémonie n'était pas complète sans la présence du bœuf et de l'âne.

Tout ce monde, l'âne et le bœuf compris, allait se grouper dans un décor rappelant une étable. Les cantiques un instant suspendus par l'admiration, reprenaient de plus belle.

LES SANTONS

De nos jours, chaque famille en France a sa crèche que l'on arrange dans un coin de la maison. En Provence, les enfants emploient de la mousse et des branches pour la rendre plus réaliste. A Paris, souvent on emploie du gros papier d'emballage sur lequel on met un peu de neige artificielle pour créer l'effet des montagnes. Avec un petit miroir et du papier d'argent on peut très bien imiter l'effet d'une mare et d'une rivière.

Après avoir préparé le décor de la crèche, on y met les santons. Le mot "santon" signifie "petit saint" en langue provençale.

Les santons sont des petites figurines en terre cuite, peintes à la main, souvent très artistiques et de véritables œuvres d'art. Les santons répesentent tous les personnages de la scène de la Nativité; l'Enfant Jésus, la sainte Vierge, st. Joseph, les rois mages, des anges, des bergers, des paysans, le maire, etc., et les animaux, le bœuf, l'âne et des moutons.

Dans beaucoup de familles françaises, la tradition est de préparer la crèche quelques semaines avant la Noël, mais de ne pas y placer l'Enfant Jésus sur son petit lit de paille avant le matin de Noël.

Les santons sont faits en Provence.

Depuis 1803, chaque année, au mois de décembre, il y a, à Marseille, une foire où l'on expose et vend des santons.

Toutefois, la vraie capitale des santons est à Aubagne, petit village près de Marseille, où sont fabriqués les santons. (Voir "Le Marchand de Santons", page 65).

LE GUI

   Les prêtres gaulois ou Druides, tous vêtus de blanc cueillaient le gui du chêne en grande cérémonie. Cette petite plante, toujours verte, était considérée comme le symbole de l'Immortalité. Les Druides, par déférence, se servaient pour couper ce gui d'une faucille en or. La plante était reçue dans un grand drap blanc, étalé sous l'arbre, puis la cueillette était partagée entre les fidèles qui la recevaient comme un porte-bonheur. La coutume est restée, un peu modifiée, il est vrai. Au temps de Noël, on vend des touffes de gui. Ce gui est suspendu dans les maisons et quand les jeunes filles et les jeunes gens se rencontrent dessous, ils ont le droit de s'embrasser.
   La coutume s'est répandue en Amérique.

LA MESSE DE MINUIT

La veille de Noël, en France presque tout le monde va à la messe de minuit.

A cette occasion, les pauvres églises des campagnes, aussi bien que les grandes et belles cathédrales des villes, sont toutes éclairées et décorées de fleurs et de torches.

A Paris, les chanteurs de l'Opéra prêtent leur concours à la majesté solennelle de la messe.

A Paris, où il y a plus de trois cents églises, plusieurs d'entre elles sont renommées pour l'excellence de leur musique, leurs chanteurs, leur orgue ou leur organiste, et les concerts qu'ils offrent, surtout le jour de Noël à la messe de minuit. Les plus célèbres sont: l'église de Saint-Eustache pour ses chanteurs et concerts, et la cathédrale de Notre-Dame pour son immense orgue et ses chœurs.

LE RÉVEILLON

Après la messe de minuit, on réveillonne. Le repas du réveillon varie selon la région.

En Alsace, par exemple, le mets capital est l'oie traditionnelle. En Bretagne, c'est une galette de sarrasin avec de la sauce à la crème; en Bourgogne, c'est une dinde aux marrons. A Paris et dans la région de l'Ile-de-France, pour le réveillon on mange des huîtres, du foie gras, et le gâteau traditionnel en forme de bûche de Noël. Les vins préférés pour l'occasion sont le Muscadet, les vins d'Anjou, les Sauternes, et naturellement le champagne.

En France, on consomme beaucoup de champagne à la Noël et le jour de l'An. Plus de 64.000.000 de bouteilles ordinaires plus 100.000 petites bouteilles de champagne sont consommées en une année.

LETTRES ADRESSÉES AU PÈRE NOËL

En Europe, comme partout ailleurs, les enfants écrivent des lettres au père Noël.

Ceci n'a rien d'extraordinaire, mais ce qui est remarquable est qu'en France les enfants reçoivent souvent une réponse à leurs lettres, car le père Noël a une secrétaire.

De faire parvenir au père Noël les lettres qui lui sont adressées représente certaines difficultés techniques.

Où doit-on les envoyer?

Qui doit y répondre pour éviter que les enfants soient déçus?

En Europe, ce problème a été résolu.

Les enfants européens croient que le père Noël habite une région pas très bien définie, quelque part au Nord, près du pôle. En une année, plus de 200.000 lettres adressées au père Noël ont été envoyées aussi près du pôle que possible.

Les autorités postales de toute l'Europe envoient les lettres adressées au père Noël au Groenland. Le gouvernement danois a là un fonctionnaire dont le seul devoir est de lire le courrier du père Noël et d'y répondre.

Le gouvernement danois dépense chaque année une somme assez considérable pour maintenir ce service, car pour rédiger cette correspondance, ce fonctionnaire des postes, qui est une jeune fille de 24 ans, a besoin de plusieurs assistants pendant le mois de décembre. On estime que ce service coûte chaque année l'équivalent de 20.000 dollars au gouvernement danois.

ANCIENNES COUTUMES

Dans les châteaux

Au Moyen Age, il était d'usage que les portes des châteaux demeurassent ouvertes pendant la nuit de Noël. Entrait qui voulait, et chacun pouvait s'asseoir à la table du seigneur.

Des troncs d'arbres flambaient dans les hautes cheminées, la salle était éclairée par la lumière rouge et fumeuse des torches, le sol, faute de tapis, était jonché de paille ou d'herbes odorantes; les mets assez grossièrement préparés s'étalaient avec abondance, et le vin coulait généralement.

Souvent, un ménestrel en s'accompagnant sur le luth, récitait un conte se rapportant à la Nativité.

On ne demandait pas au passant son nom; on ne l'interrogeait pas sur le but de son voyage; mais si l'on s'apercevait qu'il était pauvre, il ne repartait pas sans que la châtelaine n'eût glissé dans son bissac une bonne miche de pain, quelques quartiers de venaison et parfois de menues pièces de monnaie.

En échange de sa vieille souquenille, il emportait un bon manteau.

En Bourgogne

Certaines villes de Bourgogne connaissaient une coutume bienfaisante et en même temps pittoresque et amusante: les enfants confectionnaient des petits sacs de papier dans lesquels ils enfermaient une aumône; puis, au cours de la veillée de Noël, ils jetaient ces sacs dans les rues obscures après en avoir enflammé un coin. Ainsi, les mendiants étaient-ils guidés vers l'obole espérée par une petite étoile filante.

En Bretagne

Sur les bords de la Loire où les hivers sont cléments, pendant la nuit de Noël des enfants portant des lanternes parcouraient les rues en chantant des cantiques. On leur jetait par la fenêtre des sucreries et des noix.

A Marseille

A Marseille, Noël était l'occasion d'une réconciliation générale. Quiconque avait offensé quelqu'un devait se rendre chez sa victime accompagné d'amis, et là, devant des témoins, il présentait ses excuses et les ex-ennemis s'embrassaient.

Un repas couronnait la cérémonie, repas copieusement arrosé ... trop copieusement même, car cela finissait par un pugilat en règle* auquel les amis se croyaient obligés de participer, tant et si bien qu'en 1602, il fallut interdire les reconciliations; tout au moins, celles de Noël. Elles manquaient trop de dignité!

---

* *Pugilat en règle* (fist-fight fought according to the rules, meaning that everything was allowed).

En Auvergne

Parmi les coutumes que font vivre la solemnité de Noël, il en est une d'un symbolisme touchant restée en usage au pays d'Auvergne : c'est la veillée de Noël.

Nous sommes aux abords de la fête : la nuit vient ; toute la famille est réunie pour célébrer la joie dans la piété de la Nativité de Jésus.

Devant le foyer, on dresse la table pour un repas somptueux ; la voici couverte d'une nappe blanche : sur cette table blanche la maîtresse de maison place une magnifique brioche ; au centre du gâteau est disposé un chandelier de cuivre, le plus beau qu'on ait pu trouver pour cette occasion. Tout auprès se trouve une chandelle neuve joliment enrubannée de clinquant : c'est la chandelle de Noël.

Lorsque s'achève les apprêts du festin, l'aïeul prend la chandelle, la dispose sur le chandelier, l'allume, fait le signe de la croix, puis éteint la chandelle et la passe au fils aîné. Celui-ci, debout, tête nue, l'allume à son tour, se signe, l'éteint, puis la passe à son épouse.

Et la chandelle de Noël va ainsi de main en main pour que chacun à son rang d'âge puisse l'allumer. Elle arrive enfin entre les mains du dernier-né.

Aidé par sa mère, l'enfant allume la chandelle, se signe et sans l'éteindre, la place au milieu de la table.

L'humble lumière éclairera le repas plein d'entrain qui suit immédiatement ce rite traditionnel.

NOËLS DE JADIS

Noël 800

Charlemagne est proclamé empereur d'Occident et sacré par le pape Léon III dans la basilique de Saint-Pierre. Tout Rome est en fête et acclame Charles (Charlemagne est un surnom posthume). L'empereur, âgé de 58 ans, est au sommet de sa gloire.

Noël 1223

Sainte François d'Assise construit la première crèche. (Histoire page 15).

Noël 1588

Henri III fait assassiner le duc de Guise. Le dernier roi valois, débauché mais intelligent, voit en son cousin Henri de Navarre, protestant, le seul successeur. De plus les de Guise, chefs du parti catholique "la sainte Ligue" l'exaspèrent par leur ambition personnelle et les massacres qu'ils déclenchent par fanatisme.

Noël 1605

Le premier arbre de Noël. (Histoire page 12).

Noël 1792

Dans la tour du Temple, à Paris, un gros homme de 38 ans écrit son testament. C'est Louis XVI qui est détenu dans ce sinistre lieu depuis quatre mois avec Marie-Antoinette et ses deux enfants. Le roi sait qu'on veut sa mort. Le lendemain s'ouvre à la Convention le dernier jour de son procès. Dans ce testament, très beau, il pardonne à ses bourreaux et termine par ces lignes célèbres: "Prêt à comparaître devant Dieu, je ne me reproche aucun des crimes qui sont avancés contre moi. Fait en double, à la Cour du Temple, le 25 décembre 1792."

Noël 1800

Talleyrand était aussi fin gourmet que fin diplomate. Il nous a laissé dans ses écrits la recette de l'oie de Noël qu'il dégusta en l'an 1800. "Foncer une casserole de bandes de lard et de tranches de jambon. Ajouter quelques oignons piqués de clous de girofle, une gousse d'ail, un peu de thym et de laurier. Poser une grassouillette*, bien jeune et bien tendre, farcie de son foie et de crêtes de coq; arroser généreusement de sauterne, semer une pincée de muscade et laisser tomber quelques gouttes d'orange amère. Couvrir de papier beurré et, feu dessus, feu dessous, faites partir."

Noël 1867

Napoléon III fait planter aux Tuileries le premier arbre de Noël parisien. (Voir page 12).

---

* *Grassouillet, -ette* (fat, plump).

II

CONTES DE NOËL

LA CHASSE GALLERIT
Vieux Conte de Noël

Nous étions rassemblés, ce soir-là, autour de la grande cheminée de la ferme . . . une grande cheminée comme on n'en construit plus . . . dans laquelle flambait un arbre entier . . . Nous attendions le réveillon . . .

Un vrai temps de Noël d'ailleurs: la neige avait tout recouvert: chemins, fossés, buissons, arbustes disparaissaient, et on avait grand'peine à ne pas perdre son chemin. Tellement qu'il nous avait fallu errer plus d'une heure, tout à l'heure autour de la ferme, en revenant de la messe de minuit, parce que nous ne retrouvions pas le passage dans la forêt.

La nuit était splendide et les étoiles scintillaient, vives et magnifiques dans un ciel absolument pur . . .

Ce réveillon s'annonçait agréable et nous nous préparions à passer à table, lorsque, tout à coup, le vent se mit à mugir et à siffler, faisant subitement briller davantage la flamme du foyer, et tourbillonner la neige en tous sens, secouant les branches des sapins, comme de grands bras s'agitant dans la nuit . . .

—Eh! là . . . qu'y a-t-il donc, demanda l'un de nous . . . C'est un ouragan qui passe.

—Curieux ouragan qui se lève d'un seul coup et qui se calme aussi vite . . . Tenez, il n'y a plus un souffle d'air . . .

Alors la vieille grand-mère Bonneau, tout emmitouflée dans son fauteuil, nous regarda longuement et levant la main pour mieux nous faire comprendre:

—C'est la chasse, dit-elle . . . la "chasse Gallerit" qui passe! . . .

—La chasse Gallerit, grand-mère . . . Que voulez-vous dire? . . .

Et grand-mère Bonneau, lentement, se mit à nous raconter:

. . . .

C'était le soir de Noël. Le duc de Gallerit était en son château . . . vous savez le château qui est là-haut sur le grand roc . . . On n'en voit plus que le donjon, mais c'était, en ce temps-là, un beau château avec un pont-levis, des tours, des fossés, des hommes d'armes . . .

Le duc avait invité ses amis des environs: le sire de Fontauges et sa femme; le duc d'Eyvirat; le comte Graveron, et le seigneur de Labgeac; celui de Mervilla qui était toujours suivi de 10 hommes d'armes à cheval; le sire de Confrécourt dont la bannière

27

ne s'inclinait que devant monseigneur le roi de France ; que sais-je encore ?... Tous les ducs de la contrée, précédés de brillants équipages, avaient répondu à l'invitation et étaient accourus au Grand Roc.

A tous moments, des sons de trompe annonçaient l'arrivée de quelque nouvel hôte que les intendants en grande livrée accueillaient à leur descente de carrosse et conduisaient solennellement dans la salle d'honneur, mais là ... seule la duchesse recevait les invités : le duc n'avait pu, malgré ses promesses, résister à la tentation de chasser le cerf... Il avait seulement assuré à son épouse d'être rentré pour minuit...

Onze heures... onze heures trente... l'heure du saint anniversaire approchait lentement et le duc n'était toujours pas arrivé !

Tout à coup, les trompettes retentirent et une grande cavalcade pénétra dans la cour d'honneur : le duc de Gallerit arrivait enfin... n'ayant que tout juste le temps de se changer pour ne pas faire attendre le chapelain...

La noble dame de Gallerit reçut son époux...

—Pardieu, Madame, qu'avez-vous donc en ce jour de fête... vous me semblez toute navrée et fort triste...

—C'est que, Monseigneur, en ce jour de Noël, c'est un péché de...

—De quoi faire donc ?...

—De se servir d'une arme...

—D'une arme ! Ah ! Vous parlez de ma chasse contre le cerf... Ce maudit animal m'a donné bien du souci et je n'ai pu le rattraper... j'en suis malheureux et vexé. Savez-vous bien que c'est la première fois que cela m'arrive ?

—Faites-lui grâce, Monseigneur... en ce jour de Noël...

—Ce sera pour l'amour de vous, Madame, que j'en ferai ainsi... Mais que ce cerf ne se montre ni de près ni de loin, car je ne répondrais pas de moi...

. . . . . .

Et quelques minutes après, tout le cortège se mit en route pour aller du château à l'église du village, parce que la chapelle du Grand Roc était trop petite pour une si nombreuse assistance...

D'abord, les porteurs de torches, puis les hommes d'armes et les bannières, puis les invités, chacun selon son rang, puis le duc d'Eyvirat qui était cousin du roi, puis le sire de Confrécourt, et enfin le chapelain du château, monseigneur le duc de Gallerit, leur suzerain à tous, et plus loin derrière, les dames puis, pour finir, les valets et les serviteurs . . .

La cloche sonnait à toute volée. La nuit était calme, aucun nuage au ciel. La neige avait tout recouvert . . . Plus que cinq cents mètres à faire . . . juste le chemin qui sépare le (calvaire de l'entrée de l'église.

La duchesse remerciait le ciel de ce que son époux avait, pour un temps, oublié la chasse, et qu'il ne pensait plus qu'à l'office qui allait être célébré.

Mais, hélas! Tout à coup, comme les porteurs de torches longeaient le bois, un bruit de branches cassées se fit entendre et, effrayé par toutes ces lumières, on vit un grand cerf bondir hors des fourrés et se précipiter vers le cortège . . .

—A moi, mes amis . . . hurla le duc . . . A moi, chasseurs . . . Voilà notre proie . . . Aux armes . . . Au galop . . . En avant!

En un instant tout le cortège fut désorganisé . . . les chevaux se cabraient dans le chemin trop étroit.

Le chapelain, dressé de toute sa taille, domina un instant le tumulte et on entendit sa voix:

—Duc de Gallerit, et vous tous, nobles et fiers seigneurs, je vous ordonne au nom de Dieu que je représente, d'abandonner les armes en ce jour de Noël . . . Reprenez votre place et rendez-vous à l'office qui commence, car il est juste minuit . . .

Un éclat de rire lui répondit:

—Laisse-moi le passage! Au large Madame . . . Au large vous tous . . . et, enlevant son cheval, le duc bondit à la poursuite du cerf, entraînant avec lui quelques seigneurs et valets au milieu d'un grand nuage de neige . . .

Mais le chapelain, aussi pâle que la neige elle-même, était resté comme figé sur place . . .

—Tu seras maudit . . . Tu seras maudit mille années!
. . . .

Et depuis ce jour-là, chaque veille de Noël à minuit, continua la grand'mère, la "chasse Gallerit" passe et repasse à la poursuite du cerf fantôme . . . sans jamais pouvoir l'attraper! . . . Tenez . . . La revoilà! . . .

Et le vent s'éleva à nouveau, sans raison . . . la flamme crépita dans la cheminée, et on entendit comme de mystérieux bruits de sabots . . .

LA NUIT DE NOËL DE SOPHIE

M. et Mme René ont réveillonné. Ils viennent de se coucher. De la chambre de leur fille, Sophie-Marianne, quatre ans, ce qu'ils entendent est vraiment étonnant. Sophie-Marianne est en train de tenir une conversation de grande personne, avec son lapin. Ecoutez-la:
—Tu es le premier lapin qui parle, dit Sophie.
—Tous les lapins parlent, répond le lapin, il suffit de leur adresser la parole. Comment vous appelez-vous?
—Je m'appelle Sophie-Marianne, mais tout le monde m'appelle Sophie. C'est, en quelque sorte, mon prénom usuel. Et toi?
—Vous savez bien, Mademoiselle, que tous les lapins s'appellent Jeannot.
—Moi, je préfèrerais t'appeler Pouloulou.
—Si vous voulez, mais il faut dire aussi monsieur . . . Monsieur Pouloulou. Je suis beaucoup plus âgé que vous.
—Quel âge as-tu? Moi, j'ai quatre ans.
—Moi aussi, mais pour un lapin, c'est beaucoup plus vieux. Il faut multiplier!
—C'est facile.
—Et puis, j'ai beaucoup de soucis, dit le lapin. Soixante-quatorze enfants. Entièrement à ma charge. Ils mangent comme quatre. Quatre fois soixante-quatorze, vous rendez-vous compte!
—C'est facile! Il faut multiplier.
—Personnellement, je n'ai pratiquement pas de besoins. Très petit appétit, une carotte par ici, par là, un peu de luzerne. Et encore! Je ne mange pas tout, je rongerais plutôt, voyez-vous.
—Moi, c'est surtout le chocolat que j'aime. Je mange d'autres choses aussi, mais j'aime surtout le chocolat. C'est ma nature. Vos enfants en mangent aussi, monsieur Pouloulou?
—Jamais. Ce sont des artistes.
—Tous?
—Tous! J'ai trente-sept sculpteurs, six dessinateurs de mode, douze peintres, dont trois complètement abstraits, quatorze souffleurs de théâtre et trois coiffeurs esthéticiens.
—Et les deux autres?
—Puisque vous y tenez, il y en a un qui écrit. Moi, j'appelle

ça griffonner. En tous cas, il fait tout à la main.
　—Il s'appelle comment?
　—Jeannot aussi. Le dernier, ou plutôt, la dernière, c'est mon grand tourment. Elle a bien réussi. Elle avait un bon physique. Trop bon. Elle nous a quittés à un an: Hollywood. C'est vous dire à quel point elle pense à nous, là bas: j'ai des nouvelles par les journaux! Elle ne s'occupe même pas de savoir si nous sommes bien logés. Quand elle est partie, notre maison était un véritable clapier. Depuis, avec l'aide de mes fils, j'ai fait des transformations. Elle ne le sait même pas.

—Comme cela est mal! Jamais je ne me séparerai de mes parents! En somme, vous êtes un lapin malheureux?

— Je suis un lapin soucieux, ce qui n'est pas pareil. Le lapin ne vit pas que de luzerne, vous savez. Il a besoin d'amitié, de compréhension, d'un minimum de confort et de fréquentes périodes de calme propice à la méditation. Vous l'avouerai-je? Je me sens tout à fait troublé par les problèmes métaphysiques.

—Moi aussi. Tout à fait.

—C'est très difficile de se faire des amis, pour un lapin surtout. Souvent on me dit: "Assieds-toi un peu plus près et le lendemain encore un peu plus près et après nous serons amis." Mais je n'y crois pas.

—Comme vous avez raison! C'est le coup du Petit Prince, c'est une très mauvaise méthode. C'est aussi redoutable que le coup du lapin* . . . Oh! Excusez-moi!

—Je vous en prie.

—En somme, nous, nous pourrions être amis, monsieur Pouloulou?

—Certainement.

Je vous ferai connaître ma famille qui est très gentille, et puis je vous ferai goûter du chocolat et puis, comme c'est Noël aujourd'hui, je vous ferai un très beau cadeau; je vous donnerai une poupée, comme ça, vous me sourirez toute la journée et nous serons heureux.

—Que vous êtes douce et bonne et jolie, mademoiselle Sophie, que j'aurais aimé rester toute ma vie avec vous! Mais jamais, voyez-vous, je n'aurai le courage d'abandonner mes soixante-quatorze enfants, et ma femme aussi. . . Non, jamais! Mais je vous regretterai toujours.

—Ne pleurez pas. C'est très simple: vous n'avez qu'à aller les chercher et les ramener avec vous. Vos fils pourront travailler dans le grenier. On percera le plafond: un atelier avec "lumière d'en haut." J'aime beaucoup les lapins, vous savez.

En disant ces dernières paroles, Sophie s'endort avec, tout contre son visage d'ange, le superbe lapin en peluche qu'on lui a donné pour la Noël.

---

* *Coup du lapin*, coup sur la nuque.

CONTE DE NOËL
par
GUY DE MAUPASSANT

Le docteur Bonenfant cherchait dans sa mémoire, répétant à mi-voix: "Un souvenir de Noël?..."

"Mais si, j'en ai un, et un bien étrange encore; c'est une histoire fantastique. J'ai vu un miracle, la nuit de Noël."

Cela vous étonne de m'entendre parler ainsi, moi qui ne crois guère à rien. Et pourtant j'ai vu un miracle! Je l'ai vu, dis-je, vu de mes propres yeux, ce qui s'appelle vu.

En ai-je été fort surpris! non pas; car je ne crois point à vos croyances, je crois à... la foi, et je sais qu'elle transporte les montagnes. Je pourrais citer bien des exemples; mais je vous indignerais et je m'exposerais aussi à amoindrir l'effet de mon histoire.

Je vous avouerai d'abord que si je n'ai pas été fort convaincu et converti par ce que j'ai vu, j'ai été du moins fort ému, et je vais tâcher de vous dire la chose naïvement, comme si j'avais une crédulité d'Auvergnat.

J'étais alors médecin de campagne, habitant le bourg de Rolleville, en pleine Normandie.

L'hiver, cette année-là, fut terrible. Dès la fin de novembre, les neiges arrivèrent après une semaine de gelées. On voyait de loin les gros nuages venir du nord; et la blanche descente des flocons commença.

En une nuit, toute la plaine fut ensevelie.

Les fermes, isolées, dans leurs cours carrées, derrière leurs rideaux de grands arbres poudrés de frimas, semblaient s'endormir sous l'accumulation de cette mousse épaisse et légère.

Aucun bruit ne traversait plus la campagne

Ne crois guère à rien, ne crois pas à beaucoup de choses

Point, pas

Croyance, chose qu'on croit

Foi (faith)

Amoindrir, diminuer

Avouerai, admettrai

Emu (v. émouvoir) émotionné

Auvergnat, d'Auvergne (région du centre de la France). Les Auvergnats ont la réputation de ne croire en rien à moins de ne l'avoir vu de leurs propres yeux.

Bourg, village principal d'une commune.

Gelée (frost)

Flocons (flakes)

Enseveli, enterré sous la neige

Frimas (frost)

Mousse (moss)

immobile. Seuls les corbeaux, par bandes, décrivaient de longs cercles dans le ciel, cherchant leur vie inutilement, s'abattant tous ensemble sur les champs livides et piquant la neige de leurs grands becs.

On n'entendait rien que le glissement vague et continu de cette poussière tombant toujours.

Cela dura huit jours pleins, puis l'avalanche s'arrêta. La terre avait sur le dos un manteau épais de cinq pieds.

Et, pendant trois semaines ensuite, un ciel, clair comme un cristal bleu le jour, et, la nuit, tout semé d'étoiles qu'on aurait crues de givre, tant le vaste espace était rigoureux, s'étendit sur la nappe unie, dure et luisante des neiges.

Ni hommes ni bêtes ne sortaient plus, seules les cheminées des chaumières en chemise blanche révélaient la vie cachée, par les minces filets de fumée qui montaient droit dans l'air glacial.

De temps en temps on entendait craquer les arbres, comme si leurs membres de bois fussent brisés sous l'écorce; et, parfois, une grosse branche se détachait et tombait, l'invincible gelée pétrifiant la sève et cassant les fibres.

Les habitations çà et là par les champs semblaient éloignées de cent lieues les unes des autres. On vivait comme on pouvait. Seul, j'essayais d'aller voir mes clients les plus proches m'exposant sans cesse à rester enseveli dans quelque creux.

Je m'aperçus bientôt qu'une terreur mystérieuse planait sur le pays. Un tel fléau, pensait-on, n'était point naturel. On prétendit qu'on entendait des voix la nuit, des sifflements aigus, des cris qui passaient.

Ces cris et ces sifflements venaient sans aucun doute des oiseaux émigrants qui voyagent au crépuscule, et qui fuyaient en masse vers le sud. Mais allez donc faire entendre raison à des gens

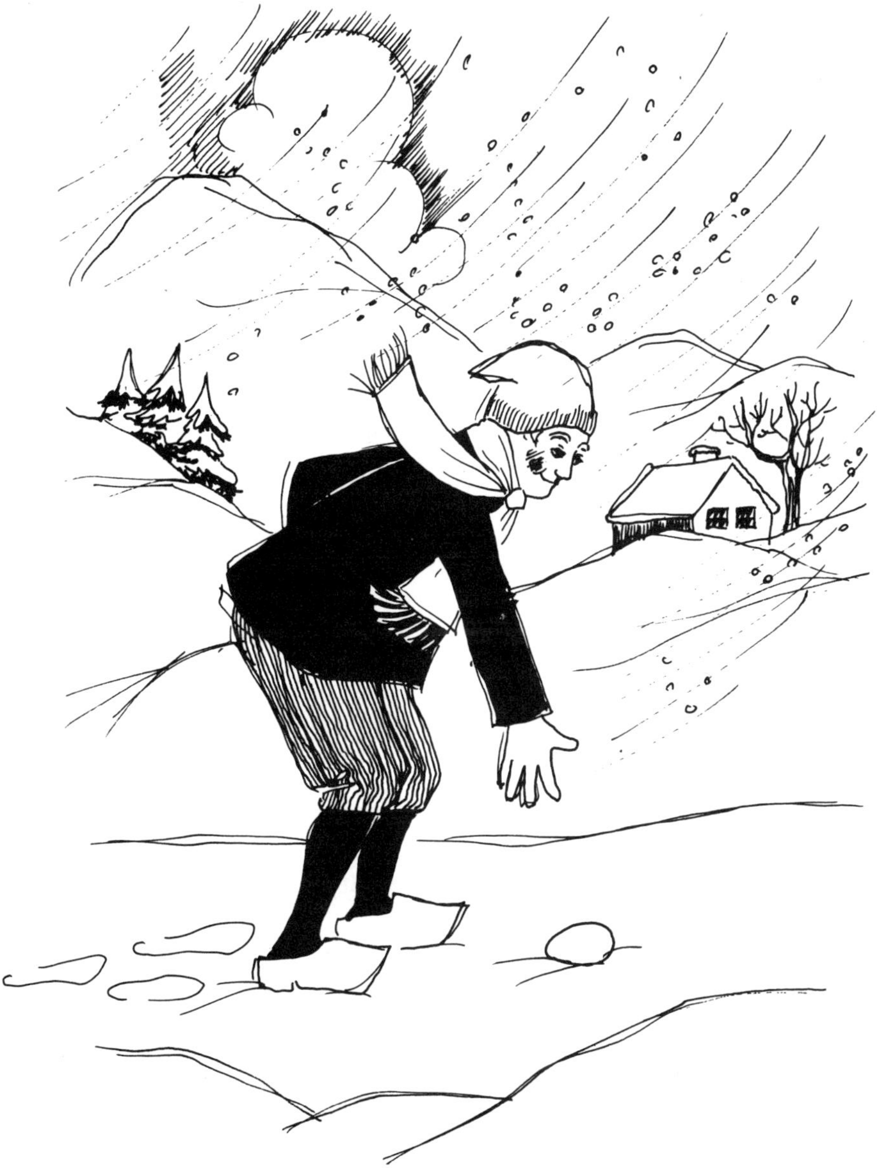

Affolé, rendu fou.
Epouvante, terreur

Hameau, groupement de quelques maisons

Epandu (spread)

Haie (hedge)

Pondre, faire un œuf

V'là, voilà

Hocher, secouer la tête de bas en haut

Soûl, sous l'effet d'alcool

Le vl'là, le voilà—

Marmite (pot)

Méfiant, qui manque de confiance

Quéque, quelque
C't, cet

affolés. Une épouvante envahissait les esprits et on s'attendait à un événement extraordinaire.

La forge du père Vatinel était située au bout du hameau d'Epivent, sur la grande route, maintenant invisible et déserte. Or, comme les gens manquaient de pain, le forgeron résolut d'aller au village. Il resta quelques heures à causer dans les six maisons qui forment le centre du pays, prit son pain et des nouvelles, et un peu de cette peur épandue sur la campagne.

Et il se mit en route avant la nuit.

Tout à coup, en longeant une haie, il crut voir un œuf dans la neige; oui, un œuf déposé là, tout blanc comme le reste du monde. Il se pencha, c'était un œuf en effet. D'où venait-il? Quelle poule avait pu sortir du poulailler et venir pondre en cet endroit? Le forgeron s'étonna, ne comprit pas; mais il ramassa l'œuf et le porta à sa femme.

—Tiens, la maîtresse, v'là un œuf que j'ai trouvé sur la route!

La femme hocha la tête:

—Un œuf sur la route! Par ce temps-ci, t'es soûl, bien sûr?

—Mais non, la maîtresse, même qu'il était au pied d'une haie, et encore chaud. Le vl'là, je me l'ai mis sur l'estomac pour qu'il ne se refroidisse pas. Tu le mangeras pour ton dîner.

L'œuf fut glissé dans la marmite où mijotait la soupe, et le forgeron se mit à raconter ce qu'on disait par la contrée.

La femme écoutait, toute pâle.

—Pour sûr que j'ai entendu des sifflets l'autre nuit, même qu'ils semblaient venir de la cheminée.

On se mit à table, on mangea la soupe d'abord, puis, pendant que le mari étendait du beurre sur son pain, le femme prit l'œuf et l'examina d'un œil méfiant.

—Si y avait quéque chose dans c't'œuf?

—Qué que tu veux qu'y ait?
—J'sais ti, mé?
—Allons mange, et ne fais pas la bête.
Elle ouvrit l'œuf. Il était comme tous les œufs, et bien frais.
Elle se mit à le manger en hésitant, le goûtant, le laissant, le reprenant. Le mari disait:
—Eh bien! qué goût qu'il a, c't'œuf?

Elle ne répondit pas et elle acheva de l'avaler; puis, soudain, elle planta sur son homme des yeux fixes, hagards, affolés; leva les bras, les tordit et, convulsée de la tête aux pieds, roula par terre en poussant des cris horribles.

Toute la nuit elle se débattit en des psames épouvantables, secouée de tremblements effrayants, déformée par de hideuses convulsions. Le forgeron, impuissant à la tenir, fut obligé de la lier.

Et elle hurlait sans repos, d'une voix infatigable:
—J' l'ai dans l'corps! J'l'ai dans l'corps!

Je fus appelé le lendemain. J'ordonnai tous les calmants connus sans obtenir le moindre résultat. Elle était folle.

Alors, avec une incroyable rapidité, malgré l'obstacle des hautes neiges, la nouvelle, une nouvelle étrange, courut de ferme en ferme: "La femme du forgeron qu'est possédée!"

Et on venait de partout, sans oser pénétrer dans la maison; on écoutait de loin les cris affreux poussés d'une voix si forte qu'on ne les aurait pas crus d'une créature humaine.

Le curé du village fut prévenu. C'était un vieux prêtre naïf. Il accourut en surplis comme pour administrer un mourant et il prononça, en étendant les mains, les formules d'exorcisme, pendant que quatre hommes maintenaient sur un lit la femme convulsée et tordue.

Mais l'esprit ne fut pas chassé.

Et la Noël arriva sans que le temps eût changé.

Qué que, qu'est-ce que
Qu'y ait, qu'il y ait
J'sais ti, mé, je ne sais pas, moi
Faire la bête, être stupide
Qué, quel

Se débattre, lutter pour se défendre

Lier, attacher

Prévenir, informer
Surplis, vêtement d'église

Chasser, mettre dehors

La veille au matin, le prêtre vint me trouver :
—J'ai envie, dit-il, de faire assister à l'office de cette nuit cette malheureuse. Peut-être Dieu fera-t-il un miracle en sa faveur, à l'heure même où il naquit d'une femme.

Naquit (verbe na*î*tre)

Je répondis au curé :
—Je vous approuve absolument, monsieur l'abbé. Si elle a l'esprit frappé par la cérémonie (et rien n'est plus propice à l'émouvoir), elle peut être sauvée sans autre remède.

Le vieux prêtre murmura :

Croyant, qui croit en sa religion

—Vous n'êtes pas croyant, docteur, mais aidez-moi, n'est-ce pas? Vous vous chargerez de l'amener?

Et je lui promis mon aide.

Le soir vint, puis la nuit; et la cloche de l'église se mit à sonner, jetant sa voix plaintive à travers l'espace morne, sur l'étendue blanche et glacée des neiges.

Des êtres noirs s'en venaient lentement, par groupes, dociles à l'appel des cloches. La pleine lune éclairait d'une lueur vive et blafarde tout

Blafard, pâle

l'horizon, rendait plus visible la pâle désolation des champs.

J'avais pris quatre hommes robustes et je me rendis à la forge.

La possédée hurlait toujours, attachée à sa couche. On la vêtit proprement malgré sa résistance éperdue, et on l'emporta.

Eperdu, violent

L'église était maintenant pleine de monde, illuminée et froide; les chantres poussaient leurs notes monotomes; l'orgue ronflait; la petite sonnette de l'enfant de chœur tintait, réglant les mouvements des fidèles.

Chantres, chanteurs

Tintait, sonnait

J'enfermai la femme et ses gardiens dans la cuisine du presbytère, et j'attendis le moment que je croyais favorable.

Presbytère (rectory)

Je choisis l'instant qui suit la communion. Tous les paysans, hommes et femmes, avaient reçu leur Dieu pour fléchir sa rigueur. Un grand silence planait pendant que le prêtre achevait le mystère divin.

Fléchir, toucher de pitié

Planait, dominait au-dessus

Sur mon ordre, la porte fut ouverte et mes quatre aides apportèrent la folle.

Dès qu'elle aperçut les lumières, la foule à genoux, le chœur en feu et le tabernacle doré, elle se débattit d'une telle vigueur qu'elle faillit nous échapper, et elle poussa des clameurs si aiguës qu'un frisson d'épouvante passa dans l'église; toutes les têtes se relevèrent; des gens s'enfuirent.

Doré, couleur d'or

Qu'elle faillit s'échapper qu'elle réussit presque à se libérer

Elle n'avait plus la forme d'une femme, crispée et tordue en nos mains, le visage contourné, les yeux fous.

Crispée, contractée

On la traîna jusqu'aux marches du chœur et puis on la tint fortement accroupie à terre.

Traîner, tirer après soi

Accroupie, assise sur les talons

Le prêtre s'était levé; il attendait. Dès qu'il la vit arrêtée, il prit en ses mains l'ostensoir ceint des rayons d'or, avec l'hostie blanche au milieu, et s'avançant de quelques pas, il l'éleva de ses deux bras tendus au-dessus de sa tête, le présentant aux regards effarés de la démoniaque.

Ostensoir (ostensory)

Ceint, entouré

Hostie (Host)

Elle hurlait toujours, l'œil fixé sur ces objets rayonnant.

Et le prêtre demeurait tellement immobile qu'on l'aurait pris pour une statue.

Et cela dura encore longtemps.

La femme tremblait saisie de peur, fascinée; elle contemplait fixement l'ostensoir secouée encore de tremblements terribles, mais passagers, et criant toujours, mais d'une voix moins déchirante.

Déchirante (heart-rendering)

Et cela dura encore longtemps.

On eût dit qu'elle ne pouvait plus baisser les yeux, qu'ils étaient rivés sur l'hostie; elle ne faisait plus que gémir; et son corps raidi s'amollissait, s'affaissait.

Rivé (riveted)
Gémir (moan)
S'amollissait, était rendu mou

Toute la foule était prosternée le front par terre.

La possédée maintenant baissait rapidemant les paupières, puis les relevait aussitôt, comme impuissante à supporter la vue de son Dieu. Elle s'était tue. Et puis soudain, je m'aperçus que ses yeux demeuraient clos. Elle dormait du sommeil des somnambules, hypnotisée, pardon! vaincue par la contemplation persistante de l'ostensoir aux rayons d'or, terrassée par le Christ victorieux.

Terrassée (overcome)

On l'emporta, inerte, pendant que le prêtre remontait vers l'autel.

Bouleversée, agitée, mise dans la confusion

L'assistance bouleversée entonna un *Te Deum* d'actions de grâces.

Et la femme du forgeron dormit quarante heures de suite, puis se réveilla sans aucun souvenir de possession ni de la délivrance.

Voilà, mesdames, le miracle que j'ai vu.

Le docteur Bonenfant se tut, puis ajouta d'une voix contractée:

Attester, certifier

"Je n'ai pu refuser de l'attester par écrit."

(25 décembre 1882)

III

POÈMES

C'EST NOËL

L'astre qu'à ton berceau le mage vit éclore,
L'étoile qui guida les bergers de l'aurore,
Vers le Dieu couronné d'indigence et d'affront,
Répandit sur la terre un jour qui luit encore,
Que chaque âge à son tour, reçoit,bénit, adore,
Qui dans la nuit des temps jamais ne s'évapore,
Et ne s'éteindra pas quand les cieux s'éteindront!

—LAMARTINE

LA VIERGE À LA CRÈCHE

Dans ses langes, fraîchement cousus,
La Vierge berçait son Enfant Jésus,
Lui, gazouillait comme un nid de mésanges.
Elle berçait et chantait tout bas
Ce que nous chantons à nos petits anges . . .
Mais l'Enfant Jésus ne s'endormait pas.

Etonné ravi de ce qu'il entend,
Il rit dans sa crèche, et s'en va chantant
Comme un saint lévite et comme un choriste;
Il bat la mesure avec ses deux bras,
Et la Sainte Vierge est triste, bien triste,
De voir son Jésus qui ne s'endort pas.

"Doux Jésus, lui dit la mère en tremblant,
"Dormez, mon agneau, mon bel agneau blanc,
Dormez, il est tard, la lampe est éteinte,
"Votre front est rouge et vos membres las;
"Dormez, mon amour, et dormez sans crainte"
Mais l'Enfant Jésus ne s'endormait pas.

"Il fait froid, le vent souffle, point de feu . . .
"Dormez, mon agneau, mon bel agneau blanc,
"C'est la nuit d'amour des chastes épouses;
"Vite, ami, cachons ses yeux sous nos draps,
"Les étoiles d'or en seraient jalouses."
Mais l'Enfant Jésus ne s'endormait pas.

"Si quelques instants vous vous endormiez,
"Les songes viendraient, en vol de ramiers
"Et feraient leurs nids sous vos deux paupières
"Ils viendront, dormez, doux Jésus" . . . Helas!
Inutiles chants et vaines prières,

Le petit Jésus ne s'endormait pas.
Et Marie alors, le regard voilé,
Pencha sur son fils un front désolé;
"Vous ne dormez pas, votre mère pleure,
"Votre mère pleure, ah! mon bel ami!"
Des larmes coulaient de ses yeux: sur l'heure,
Le petit Jésus s'était endormi.

—ALPHONSE DAUDET

44

PÈRE NOËL MODERNE

"Voici l'approche des fêtes,
"Dit saint Pierre dans le ciel,
"Il est temps que tu t'apprêtes,
"Mon cher Bonhomme Noël!

Et Noël répond: "Vieux frère,
"Dussé-je te méduser,
"Pour mon voyage sur terre
"Je veux me moderniser!...

"On ne voit plus qu'en images
"Les "Noëls" neigeux d'antan.
"L'an dernier j'étais en nage
"Sous mon bonnet d'astrakan!

"Quand sur les toits je chemine,
"Ma hotte pleine de dons,
"J'ai dans mon manteau d'hermine
"L'air d'un cosaque du ... Non!

"Je veux me mettre "à la page"
"Ou je fiche tout en plan!
"Plus d'âne comme équipage,
"Mais un coquet monoplan!

"Mes vieux habits je remplace
"Par un complet à carreaux
"Et je vais raser ma face
"Pour être encore plus beau!

"Dans les tuyaux pleins de cendre
"Sortant des toits des maisons
"Je refuse de descendre
"Pour faire mes livraisons!

"C'était bon aux temps antiques!
"Aujourd'hui, sans mal du tout,
"Grâce à la grue électrique
"Je descendrai les joujoux!"

  Saint Pierre dit: "Camarade,
"Deviens-tu fou? Juste ciel!...
"—C'était une galéjade,
"Se tord Bonhomme Noël.

"Mon vieux costume je garde,
"Et l'âne aussi, calme-toi!
"Je ne veux pas—Dieu m'en garde!
"Me décrier sur les toits!

IV

CHANSONS

MINUIT! CHRÉTIEN

Connaissez-vous l'origine de ce cantique chanté dans le monde entier, dont la musique est du célèbre compositeur français, Adolphe Adam (1803-1856)?

Eh bien, en 1847, la petite commune de Roquemaure, dans le Gard, avait pour maire M. Placide Capeau. Il était marchand de vin. Tout en allant vendre son vin de village en village, il s'amusait à faire des vers; car ce brave homme était aussi poète.

Un jour, le curé du village, qui savait que M. Capeau était poète, lui demanda d'écrire un cantique pour la Noël. Mme Laurey, la femme de l'ingénieur qui construisait le pont sur le Rhône à ce moment, avait une très jolie voix et c'était pour elle que le curé voulait ce cantique.

Profitant d'un assez long voyage qu'il fit en diligence de Dijon à Mâcon, Monsieur Capeau écrivit les mots du poème auquel il donna le nom de "Minuit! Chrétien".

Mme Laurey fit parvenir ce poème à Adolphe Adam, qu'elle connaissait. A ce moment, le compositeur était un peu souffrant et, pour se distraire, il composa sur-le-champ la mélodie qu'il envoya aussitôt à Mme Laurey, sans même la recopier.

Mme Laurey chanta ce cantique, pour la première fois, le jour de Noël 1847 dans la petite église de Roquemaure.

Ce fut un grand succès. Le curé et les paroissiens le trouvèrent magnigique. Toutefois, ce cantique ne fut véritablement lancé que lorsque le fameux baryton Faure l'eut chanté à une messe de minuit dans une église de Paris.

MINUIT! CHRÉTIEN

Minuit! Chrétien, c'est l'heure solennelle
Où l'homme Dieu descendit jusqu'à nous,
Pour effacer la tache originelle
Et de son Père arrêter le courroux.
Le monde entier tressaille d'espérance
A cette nuit qui lui donne un Sauveur!
Peuple à genoux
Attends ta délivrance,
Noël! Noël! Voici le Rédempteur!
Noël! Noël! Voici le Rédempteur!

De notre foi que la lumière ardente
Nous guide tous au berceau de l'enfant,
Comme autrefois une étoile brillante
Y conduisit les chefs de l'Orient
Le Roi des Rois naît dans une humble crèche,
Puissants du jour, fiers de votre grandeur!
A votre orgueil
C'est de là qu'un Dieu prèche,
Courbez vos fronts devant le Rédempteur!
Courbez vos fronts devant le Rédempteur!

Le Rédempteur a brisé toute entrave,
La terre est libre et le ciel est ouvert
Il voit un frère où n'était qu'un esclave;
L'amour unit ceux qu'enchaînait le fer!
Qui lui dira notre reconnaissance?
C'est pour nous tous qu'il nait, qu'il souffre et meur
Peuple, debout,
Chante la délivrance
Noël! Noël! Chantons le Rédempteur!
Noël! Noël! Chantons le Rédempteur!

IL EST NÉ LE DIVIN ENFANT

Il est né le Divin enfant,
Jouez, hautbois, résonnez, musettes ;
Il est né le Divin enfant
Chantons tous son avènement.

Nous voici dans cet heureux temps,
Annoncé par tous les prophètes,
Nous voici dans cet heureux temps,
Appelé de nos vœux ardents.

Un bel ange est venu, disant :
Que votre âme au bonheur s'apprête ;
Un bel ange, est venu, disant :
Le Sauveur est né, maintenant.

Une étable est son logement,
Un peu de paille est sa couchette ;
Une étable est son logement :
Pour un Dieu, quel abaissement !

Dans sa crèche, oh ! qu'il est charmant ;
Quelle grâce aimable et parfaite ;
Dans sa crèche, oh ! qu'il est charmant ;
Qu'il est beau dans ses langes blancs !

Il veut nos cœurs, il les attend :
Il vient en faire sa conquête ;
Il veut nos cœurs, il les attend,
Qu'ils soient à lui dès cet instant.

LES ANGES DANS NOS CAMPAGNES

Les anges dans nos campagnes,
Ont entonné l'hymne des cieux,
Et l'écho de nos montagnes
Redit ce chant mélodieux:

Gloria in excelsis Deo (*bis*).

LES BERGERS : Anges, pour qui cette fête,
Quel est l'objet de tous ces chants
Quel vainqueur ou quel prophète
Mérite ces cris triomphants?

Gloria in excelsis Deo (*bis*).

LES ANGES : Apprenez tous la naissance
Du Rédempteur, Roi d'Israel;
Que dans sa reconnaissance
La Terre chante avec le Ciel:

Gloria in excelsis Deo (*bis*).

LES BERGERS : Dites-nous à quelle marque
A quels insignes glorieux
Reconnaître ce Monarque
Qui vient vers nous du haut des Cieux?

Gloria in excelsis Deo (*bis*).

LES ANGES : Un enfant couvert de langes
Dont une crèche est le berceau:
C'est le Christ, que nos louanges
Acclament par ce chant nouveau:

Gloria in excelsis Deo (*bis*).

LES BERGERS : Cherchons tous l'heureux village
Qui l'a vu naître cette nuit
Offrons-lui notre humble hommage,
Et que nos cœurs soient tous à lui.

Gloria in excelsis Deo (*bis*).

LA MARCHE DES ROIS

Ce matin,
J'ai vu dans le lointain
Frémir au vent des banderoles claires;
Ce matin,
J'ai vu dans le lointain
Venir des gens vêtus de frais satin.
Sur leurs habits
Perles et rubis,
Partout de l'or aux harnais des dromadaires;
Sur leurs habits
Perles et rubis,
Turbans de soie et casques bien fourbis!

            Trois grands rois,
        Modestes tous les trois,
Brillaient chacun comme un soleil splendide ;
            Trois grands rois,
        Modestes tous les trois,
Étincelaient sur leurs blancs palefrois.
            Le plus savant
            Chevauchait devant,
Mais, chaque nuit, une étoile d'or les guide ;
            Le plus savant
            Chevauchait devant,
J'ai vu flotter sa longue barbe au vent.

            M'approchant,
        Je pus entendre un chant
Que, seul, chantait un page à la voix fraîche
            M'approchant,
        Je pus entendre un chant
Ah ! qu'il était gracieux et touchant !
            Où vont les trois
            Magnifiques rois ?
Voir un enfant qui naîtra dans une crèche.
            Où vont les trois
            Magnifiques rois ?
Fêter celui qui doit mourir en croix.

O SAINTE NUIT

O nuit de paix! Sainte nuit!
Dans le ciel l'astre luit;
Dans les champs tout repose en paix.
Mais soudain, dans l'air pur et frais,
Le brillant chœur des anges, aux bergers apparaît.

O nuit d'amour! Sainte nuit!
Dans l'étable, aucun bruit;
Sur la paille est couché l'Enfant
Que la Vierge endort en chantant.
Il repose en ses langes son Jésus ravissant.

O nuit de foi! Sainte nuit!
Les bergers sont instruits:
Confiants dans la voix des cieux,
Ils s'en vont adorer leur Dieu.
Et Jésus en échange leur sourit radieux.

O nuit d'espoir! Sainte nuit!
L'espérance a relui:
Le Sauveur sur la terre est né;
C'est à nous que Dieu l'a donné.
Célébrons ses louanges: Gloire au verbe incarné!

NUIT SILENCIEUSE
(Silent Night)

Nuit silencieuse! O Sainte Nuit!
Tout est calme, tout reluit,
Voyez Marie et Son Enfant,
Saint Enfant, si calme et charmant,
Dors en cette paix céleste.

Nuit silencieuse! O Sainte Nuit!
Les bergers en tressaillent!
Chants de gloire arrivent du Ciel
Tous les anges chantent Alléluia,
Christ le Sauveur, est né.

Nuit silencieuse! O Sainte Nuit!
Fils de Dieu, lueur d'amour
Rayonne du Visage Sacré,
Avec l'aube de grâce rédemptrice,
Jésus, à Ta Naissance.

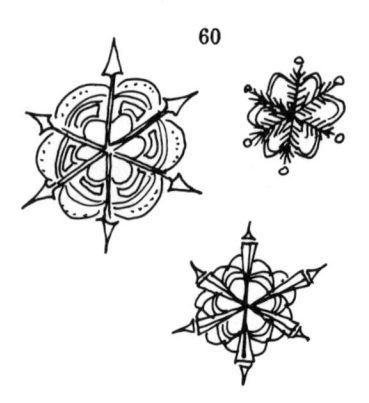

UN NOËL BLANC
("I'm dreaming of a White Christmas")

Oh! mais où sont les neiges d'antan!
Je fais le rêve d'un Noël blanc,
Avec d'la neige sur les crêtes
Et les enfants aux fenêtres
Regardant tomber les flocons.

Oh! mais où sont les neiges d'antan!
Je fais le rêve d'un Noël blanc,
A chacun d'vous j'envoie mes vœux,
Et souhaite un Noël très joyeux,
Et que tous vos Noëls soient blancs.

V

COMÉDIES

NOËL ... LE DINDON DE LA FARCE *

La cour de la ferme. Quelques jours avant Noël. Les maîtres, grands et petits, sont affairés dans la maison et les bêtes rentrées des champs plus tôt que de coutume errent de droite et de gauche en attendant qu'on s'occupe d'elles.

LE BŒUF: Meu! Meu! Je me demande ce que fait le fermier. Est-ce raisonnable de me laisser dehors par le froid au lieu de m'installer dans ma bonne étable chaude avec une belle botte de foin?
LE PETIT AGNEAU: Bê-ê-ê! Maman, pourquoi ne nous conduit-on pas à la bergerie?
LA MERE MOUTON: Tais-toi, bê! bê! Les enfants ne doivent pas poser des questions. Au fait, toi, dindon, pourrais-tu me dire pour quelle raison nos maîtres ne s'occupent pas de nous comme d'habitude?
LE DINDON: Glou! Glou! glou! Je n'en sais rien du tout.
Soudain, la porte de la maison de ferme s'ouvre et Médor, le chien, sort en hurlant. On dirait qu'il est poussé par une force mystérieuse. La porte se referme.
LE CHIEN: Oua...a...ah!...Oua...a...ah!
Tous les animaux se réunissent autour de lui, l'air apitoyé.
L'ANE: Pauvre Médor.

* *Dindon de la farce* (dupe, goat).

LE DINDON, *facétieux*: Glou! glou! Qu'as-tu donc, ami Médor, tu as la queue basse et tu parais éprouver de la gêne du côté de ton arrière-train?
LE CHIEN, *s'efforçant de prendre une allure dégagée*: Ce n'est rien. Un peu de rhumatisme.
LE DINDON: N'aurais-tu pas été expulsé d'un violent coup de pied? On appelle cela recevoir un marron! [1]Glou! glou! glou!
LE CHIEN, *rogue*: J'étais simplement pressé de venir respirer l'air. On étouffe là-dedans.
LE BŒUF: Meu! Que font donc nos maîtres?
LA MERE MOUTON: Oui, que font-ils?
LE CHIEN, *qui a déjà oublié sa mésaventure*: Ne savez-vous pas quelle date nous sommes?
LE BŒUF: Meu! Je l'ai oublié.
LE CHIEN, *important*: Nous sommes le 23 décembre. Demain ce sera la veillée de Noël. Les humains préparent la crèche.
LE PETIT AGNEAU: Bê-ê-ê! Qu'est-ce que c'est?
LE CHIEN, *paternel*: C'est vrai, tu ne peux pas savoir, tu n'as pas un an. Eh bien! ils construisent dans un coin de la salle une sorte de cabane et y placent un petit enfant en cire. Auprès du petit enfant ils mettent des statues: l'une représente un bœuf, l'autre un âne, l'autre un agneau.
LE PETIT AGNEAU: Ma statue! Oh! comme je suis content!
LE BŒUF: Meu! Nous qui sommes toujours à la peine, le soir de Noël nous serons à l'honneur.

* [1]*Recevoir des marrons*, recevoir des coups.

L'ANE : Hi-han ! Ils ne m'ont pas oublié, c'est gentil.
TOUS : Vive Noël !
LE DINDON, *furieux* : Glou ! glou ! Alors il n'y a que moi à qui les humains ne pensent pas.
LE CHIEN, *goguenard* : Au contraire, dindon, tu seras le vrai roi de la fête.
LE DINDON, *se regorgeant* : Ah ! tout de même, on reconnaît mon mérite ! J'ai aussi ma statue ?
LE CHIEN : Pas du tout, tu figureras en chair et en os.
LE DINDON : Glou ! glou ! mes amis, qu'en dites-vous ! J'assisterai au repas ?
LE CHIEN : A la place d'honneur, au milieu de la table. Par exemple, je ne te cacherai pas qu'ils te préparent une de ces farces !
LE DINDON : Je ne déteste pas la plaisanterie.
LE CHIEN : Et tu pourrais bien à ton tour recevoir des marrons, comme tu dis.
LE DINDON, *supérieur* : J'en serai quitte pour quelques bleus.
LE CHIEN : Dis plutôt quelques noirs. Tu seras positivement truffé.
LE DINDON, *solennel* : On ne paye jamais trop cher les honneurs.
LE CHIEN : Tu as raison. J'oubliais . . . , avant de te mettre à table, on te fera faire plusieurs tours devant le feu.
LE DINDON, *moqueur* : Glou ! glou ! glou ! Le bon feu ! Quand tu veux t'y mettre, on te chasse.
LE CHIEN, *modeste* : Moi je ne suis que le chien de la maison. Toi tu es le dindon de Noël. C'est un titre !
LE DINDON, *satisfait* : N'aurai-je pas aussi un cadeau ?
LE CHIEN : Bien entendu.
LE DINDON, *curieux* : Lequel ?
LE CHIEN : Une belle broche !
TOUS, *sauf le dindon* : Vive Noël !
LE DINDON, *qui a enfin compris* : Triste époque !

LE MARCHAND DE SANTONS

Le théâtre représente l'atelier d'un marchand de santons marseillais dans tout son désordre pittoresque. Un tas de petits bonshommes en terre sont éparpillés sur une table.

Au lever du rideau le marchand, en scène avec sa femme, est en train de donner le dernier coup de pinceau à l'un des petits personnages traditionnels.

LE MARCHAND, *posant son pinceau, et sur un ton d'exaltation, avec l'accent du cru*:
Tant pis! Je n'aime pas, on le sait, me vanter,
Mais il faut bien, pourtant, à la fin constater
Que je suis, par mon habileté sans pareille,
Le plus grand fabricant de santons de Marseille!
LA FEMME:
On peut bien reconnaître un mérite réel!

LE MARCHAND :
>   Il faudrait supprimer la fête de Noël
>   Si je cessais de cuire et peindre mes bonshommes,
>   Modèles, bien campés, joliment polychromes . . .

LA FEMME :
>   C'est bien simple : sans toi, toute la chrétienté
>   Devrait faire son deuil de la Nativité !

LE MARCHAND :
>   J'allais le dire ! . . . Et cette injustice me frappe
>   D'en être à voir venir les compliments du pape !
>   *Montrant successivement quelques statuettes.*
>   Regarde ce petit Barthoumiou guilleret :
>   S'il était de grandeur nature, il parlerait ! . . .
>   Le Pêcheur, le Meunier et le Tambourinaire . . .
>   Le Rémouleur, portant son outil ordinaire . . .
>   Et les Princes de l'Inde avec les éléphants . . .
>   Des chefs-d'œuvre !
>   *On entend frapper à la porte. La femme va ouvrir.*
>   Qui frappe ?

LA FEMME, *qui est allée ouvrir à trois enfants, un peu intimidés, qu'elle introduit.*
>   Eh ! trois petits enfants.

LE MARCHAND, *paternel.* :
>   Entrez, les pitchounets ! . . . Qu'est-ce qui vous amène ?

PREMIER ENFANT, *avec l'accent* :
>   Ce n'est pas jour d'école, alors on se promène,
>   Et depuis bien longtemps, monsieur, nous méditons
>   D'approcher de tout près le faiseur de santons . . .
>   C'est vous ?

LE MARCHAND :
>   Oui, c'est moi-même . . . Est-ce pour des emplettes ?

SECOND ENFANT :
>   Non, non . . . C'est pour savoir comment que vous les faites.

TROISIEME ENFANT, *avec l'accent aussi.*
>   Avé du bois ?

SECOND ENFANT, *pareillement* : Du cuir ?

PREMIER ENFANT :
>   Avé de la couleur ?

SECOND ENFANT :
>   Avé vos mains ? Vos doigts ?

LE MARCHAND, *sincère*:
 Mais non! Avé mon cœur!
TROISIEME ENFANT, *s'étant un peu avancé vers la table, suivi de ses deux camarades*: Qu'ils sont mignons!
LE MARCHAND, *avec une émotion croissante*:

    Lorsque les couleurs seront sèches,
Mes bonshommes iront s'installer dans des crèches
Pour rallumer dans chaque foyer provençal
Le souvenir touchant de l'usage ancestral...
Achetés frais et neufs ou sortis des armoires,
L'aspect de ces santons dans toutes les mémoires
Evoque le bon temps où ceux qui sont partis
Les disposaient, pour nous, quand nous étions petits,
Dans un pays de rêve alentour de l'étable...
Ils sont tous au complet —les mêmes!—sur la table.
Le ciel est de papier, le désert est de toile.
Qu'importe puisque l'ange y rallume une étoile!
Les mêmes figurants, qui restent ressemblants,
Font le même chemin qu'il y a deux mille ans:
Sur l'antique théâtre, où tout se recommence,
Les infimes acteurs rejouent la pièce immense;
Et c'est peut-être grâce au pauvre modeleur
Si la divine histoire a gardé sa valeur;
Si chaque fin d'année un renouveau stimule
La languissante foi d'une foule incrédule
Qui, voyant les petits joyeux et attendris,
Retrouve la douceur des vieux mots désappris!
Je suis l'entreteneur de la belle légende:
Chaque crèche installée est quand même une offrande,
C'est moins de tous ses feux que la crèche étincelle
Que d'être la leçon durable universelle,
Car ce petit Jésus, plus tard qui grandira,
Les plus beaux mots d'amour, c'est lui qui les dira!
Lui, qui s'étant penché sur la misère humaine,
Sur le faible qui souffre et sur l'humble qui peine,
Depuis vingt siècles voit des peuples à genoux
Parce que simplement il a dit: "Aimez-vous!..."
Il faudrait peu de chose aux hommes pour s'entendre:

Là l'esprit plus ouvert et là le cœur plus tendre!
Les grands abandonnant leur égoïsme étroit,
Les petits ajoutant le devoir à leur droit!
Le travail dans la paix, seule féconde et saine,
Rien ne poussant jamais à l'ombre de la haine!
Ce n'est qu'avec l'apport de bonté de chacun
Que l'on pourra bâtir le grand bonheur commun;
Et tout ça, qu'ont prêché le Christ et l'Evangile,
Dans ma crèche est redit par mes santons d'argile!

LA NOËL ? C'EST LA NOËL !

PERSONNAGES

M. LÉMAN, propriétaire et directeur du *Soleil Couchant*
M. ZIGOTEAU, rédacteur du *Soleil Couchant,* Cinquante ans
MLLE GILBERTE, dactylographe, jeune et gentille
PIERRE PONCE, garçon de bureau

La scène se passe en France, dans le bureau du journal Le Soleil Couchant. Dans le fond de la pièce, il y a une pendule : il est trois heures.

Au moment où le rideau se lève, la dactylographe tape à la machine : M. Zigoteau se gratte la tête : le garçon de bureau se nettoie les ongles avec la pointe d'un canif : M. Léman se promène de long en large, les mains dans les poches.

M. LÉMAN : Plus qu'un jour avant la Noël ! C'est inouï ce que le temps passe vite . . .
M. ZIGOTEAU : Vous trouvez ?
M. LÉMAN : Oui. Pas vous ?

M. ZIGOTEAU: Oh non ... Pas du tout.

M. LÉMAN *à Mlle Gilberte*: Ne trouvez-vous pas que le temps passe vite, Mademoiselle?

MLLE GILBERTE: Monsieur, je vais aussi vite que je peux!

M. LÉMAN: Je sais, mais je vous demandais si vous ne trouviez pas que LE TEMPS passait vite?

MLLE GILBERTE: Ah non! Pas ici, du moins.

Le garçon de bureau profite qu'on ne le regarde pas pour avancer la pendule d'une heure.

M. ZIGOTEAU: Vous voyez, Monsieur le Directeur, vous êtes en minorité ... Il n'y a que les patrons qui se plaisent dans leur bureau: les autres aimeraient mieux être ailleurs.

M. LÉMAN, *regardant la pendule:* Quatre heures déjà! C'est tout de même étonnant ce que le temps passe vite! *(au garçon de bureau:)* Et toi, Pierre, qu'en penses-tu? N'es-tu pas de mon avis?

PIERRE: Oui, M'sieu.

M. LÉMAN: A la bonne heure.

PIERRE: C'est à dire que par moments, le temps va très vite; et puis d'autres fois, il va très lentement.

M. LÉMAN: C'est ça exactement. Toi, au moins, tu es un garçon intelligent, qui raisonne. Tu iras loin dans la vie.

PIERRE: Oui, M'sieu. (*Il avance les aiguilles de la pendule encore une fois pendant que M. Léman regarde de l'autre côté.*)

M. LÉMAN, *se frottant les mains*: Plus qu'un jour avant la Noël! Quelle chance!

PIERRE: Pourquoi, M'sieu?

M. LÉMAN: Pourquoi, quoi?

PIERRE: Pourquoi dites-vous: "Quelle chance!"?

M. LÉMAN: Pourquoi je dis: "Quelle chance! Plus qu'un jour avant la Noël"? En voilà une question! N'aimes-tu pas la Noël, toi?

PIERRE: Pouh! Je m'en moque ... Je n'ai pas le sou. Je ne m'attends pas à recevoir de cadeaux de personne, et je ne peux pas en donner ... Alors la Noël, qu'est-ce que vous voulez que ça me fasse à moi?

M. LÉMAN: Oh! C'est honteux de voir une mentalité pareille au *Soleil Couchant!* Pierre, tu devrais avoir honte de parler ainsi ... Car après tout, la Noël ... c'est la Noël!

PIERRE: Oui, M'sieu.

M. LÉMAN, *lui donnant de l'argent :* Tiens, va me chercher un cigare . . . et dépêche-toi! (*s'adressant à M. Zigoteau :*) Et vous, Zigoteau, n'êtes-vous pas heureux de voir arriver la Noël?

M. ZIGOTEAU : Franchement : non! Pour moi, la Noël cela représente du travail supplémentaire : il va falloir que j'écrive encore pour le journal un de ces gentils petits contes de Noël—comme chaque année—que tout le monde trouvera probablement stupide sauf ma femme qui les trouve toujours très gentils . . .

M. LÉMAN : Mais tout de même, M. Zigoteau, la Noël . . . c'est la Noël! N'allez vous pas échanger des cadeaux?

M. ZIGOTEAU, *tristement* : Oh si . . . en donner, surtout . . . et m'endetter jusqu'au cou! Comme vous dites, la Noël . . . c'est la Noël! (*Il sort*)

M. LÉMAN, *furieux* : Oh! c'est honteux de voir une mentalité pareille au *Soleil Couchant!* D'entendre mon rédacteur, lui qui écrit de si touchants contes de Noël, dire de telles choses sur la Noël, c'est scandaleux!

MLLE GILBERTE : Pauvre M. Zigoteau! . . . Comme je le plains! Vous voyez, M. Léman, la Noël, c'est surtout gai pour ceux qui peuvent donner des cadeaux . . . Mais pour M. Zigoteau, qui a cinq enfants, cela lui fait tant de peine de ne pas pouvoir leur donner tout ce qu'ils voudraient . . .

M. LÉMAN : Oui . . . Je comprends.

MLLE GILBERTE : S'il pouvait seulement lui arriver quelque chose de magnifique, comme dans ces beaux contes de Noël qu'il écrit!

PIERRE, *entrant avec un cigare et des lettres à la main, lit les adresses et distribue les lettres :* M. Léman, au *Soleil Couchant*, personnel . . . (*Il lui donne sa lettre et son cigare*). Mademoiselle Amélie Gilberte, au Soleil qui se Couche . . . (*Il lui donne une lettre*).

MLLE GILBERTE : Oh! Joie! C'est de mon petit ami . . .

M. LÉMAN, *d'un ton désagréable* : Vous pourriez lui dire que le nom du journal est LE SOLEIL COUCHANT et non le Soleil qui se couche! . . .

M. ZIGOTEAU *entre*.

PIERRE, *tendant une lettre à M. Zigoteau* : M. Zigoteau : vous avez une lettre de Paris (*Il lui donne la lettre et prend un air im-*

portant :) La dernière lettre est pour moi: Monsieur Ponce. Le Garçon de Bureau du Soleil Couchant...
Chacun lit sa lettre en silence.
M. LÉMAN: Oh! C'est honteux: ma femme qui m'écrit qu'elle et les enfants ne passeront pas la Noël avec moi! Elle veut rester à Paris jusqu'à après le Jour de l'An. Qu'est-ce que je vais bien pouvoir faire tout seul! Mlle Gilberte: voulez-vous déjeuner avec moi le jour de Noël?
MLLE GILBERTE, *lisant sa lettre*: Ah non!
PIERRE, *brandissant sa lettre*: Oh joie! Mes amis, j'ai une grande nouvelle à vous annoncer: je viens d'être nommé président de l'Union des Garçons de Bureau!

M. ZIGOTEAU: Bravo! Toutes mes félicitations, Pierre.
PIERRE: Maintenant, quand je me mettrai en grève, tous les garçons de bureau de France se mettront en grève ...
Mlle Gilberte *pousse un cri, se lève et va embrasser M. Zigoteau qui la regarde d'un air tout étonné; ensuite elle se plante devant M. Léman et dit:* Ça y est, M. Léman! Je vous quitte. Mon petit ami vient de recevoir une augmentation et il veut qu'on se marie tout de suite.
M. LÉMAN: Je ne savais pas que vous étiez fiancée. Qui est cet heureux mortel?
MLLE GILBERTE: C'est le fils d'un homme qui écrit de si jolis contes de Noël ... M. Zigoteau.
M. ZIGOTEAU, *enthousiasmé*: Ça, c'est formidable! Voici une lettre du directeur du *Soleil Levant* me disant qu'il trouve mes petites histoires très bien, et m'offrant cent mille francs par an si j'accepte de venir travailler pour le *Soleil Levant!* Ça, c'est la gloire! Cent mille francs par an, M. Léman! Et vous qui ne m'en payez que dix mille ... Patron, je m'en vais. Adieu. (*Il prend Mlle Gilberte par le bras et ils s'apprêtent à sortir*).
M. LÉMAN: Mais vous ne pouvez tout de même pas vous en aller comme ça ... sans nous écrire un conte de Noël ...
M. ZIGOTEAU: Le conte de Noël! il est tout prêt. Pour une fois ce ne sera plus un conte, mais une réalité: Le Père Fouettard—c'est vous M. Léman—n'a plus personne à fouetter et tout le monde l'abandonne: même le père Noël! Le père Noël, pour une fois, a pitié des pauvres bougres comme Pierre et moi, qui s'endorment, fatigués, au *Soleil Couchant* et, un beau matin ils se réveillent en plein soleil, pleins d'énergie, de courage, de bonheur et de gloire ... La grâce et la beauté —c'est Mlle Gilberte—épouse un pauvre bougre qui a toujours bien travaillé, et qui mérite d'être heureux.
PIERRE: Et moi, quel rôle est-ce que je joue là dedans?
M. ZIGOTEAU: Toi, tu es la Jeunesse, qui n'a qu'un temps, et pour qui le temps ne va jamais assez vite. C'est très bien d'avancer la pendule, comme tu l'as fait tout à l'heure, et de gagner quelques heures ... Mais n'oublie pas qu'un jour viendra où tu voudras pouvoir revenir en arrière ...
PIERRE: C'est facile; tenez (*Il remet la pendule à 3 heures*).

M. LÉMAN, *furieux*: Il me semblait bien qu'il ne pouvait pas être cette heure là... Tu mérites que...

M. ZIGOTEAU: Ne vous fâchez pas, M. Léman... Car après tout, (*tous ils chantent, sur l'air de "Qui a peur du méchant loup"*:)
La Noël... c'est la Noël!
C'est la Noël! C'est la Noël!
La Noël... c'est la Noël,
Tralala la la!

VI

LE JOUR DE L'AN

LES ETRENNES

En France, c'est au Jour de l'An plutôt qu'à la Noël qu'on donne des cadeaux appelés étrennes. Cette coutume vient des Romains qui honoraient la déesse de la Force, Strenna, et qui lui avaient consacré un bois. Le premier jour de l'année, ils avaient l'habitude de couper dans ce bois des branches qu'ils présentaient aux magistrats comme signe de leur hommage. Après quelque temps ces branches firent place à des cadeaux qu'on appela étrennes.

Quoiqu'en France les étrennes ne soient ni si nombreuses ni si variées que les cadeaux de Noël en Amérique, on donne à ses parents et à ses amis, comme témoignage de son affection, des livres, des fleurs, des bijoux, etc.: aux enfants, on donne des jouets, au facteur, aux livreurs, aux domestiques, de l'argent, et aux indigents des cadeaux utiles.

Dans certains milieux de la France, où la vie dure a rendu les habitants parcimonieux, on chérit la vieille superstition que cela porte malheur de donner un cadeau avant d'en avoir reçu un soi-même. Si des personnes plus généreuses manquaient dans la communauté, on voit bien que la coutume de donner des étrennes serait fort rebutée. Cependant l'épitaphe ci-dessous montre que le désir de se dérober à l'usage est mal récompensé:

> Ci-gît, dessous ce marbre blanc,
> Le plus avare homme de Rennes,
> Qui trépassa le dernier jour de l'an,
> De peur de donner des étrennes.

LES VISITES

Le Jour de l'An les Français font des visites de politesse. Autrefois, monsieur sortait son habit et son chapeau haut-de-forme, madame mettait sa plus belle robe des dimanches, et ils s'en allaient faire des visites et laisser des cartes chez des amis que souvent ils n'allaient voir aucun autre jour de l'année.

Cette coutume de laisser des cartes de visite au Jour de l'An permet de rester en bonnes relations avec les gens qu'on ne veut pas perdre de vue. Ces visites se font l'après-midi.

Dans la matinée, les parents accompagnent les enfants chez les grandsparents, chez les parrains ou marraines. Aux amis et parents à qui on ne peut pas souhaiter la bonne année de vive-voix, on écrit une lettre pour exprimer ses vœux de bonne année.

Le président de la République reçoit le Ier Janvier à l'Elysée les ambassadeurs, les ministres, et tout le corps diplomatique qui lui offrent leurs vœux pour la France et pour lui-même.

LA MENDICITÉ

En France la mendicité est interdite tous les jours de l'année, sauf le Jour de l'An. Ce jour-là vous voyez de nombreux mendiants qui vous attendent à la sortie de l'église et vous demandent l'aumône

Les chanteurs de rue sont nombreux. Soit seuls, soit par groupe de deux, l'un chantant et l'autre jouant du violon ou de l'accordéon, ils restent sous votre fenêtre jusqu'à ce que tombent les pièces de monnaie. Comme leur patience est plus grande que leur talent, on leur jette quelque chose pour qu'ils s'en aillent.

Avant de jeter une pièce de monnaie par la fenêtre, on l'enveloppe dans du papier. Cette coutume de ne jamais jeter une pièce sans l'envelopper n'est pas sans raison pratique: si vous visez mal et que le mendiant la reçoit sur la tête, elle lui fera moins mal. La pièce enveloppée dans un papier est aussi plus facile à voir et le mendiant peut ainsi la retrouver dans la rue.

LE DÎNER DU JOUR DE L'AN

Il n'y a pas de peuple qui aime la bonne chère plus que les Français, et il n'y en a pas qui soit plus gai aux repas. Ainsi on fait une cérémonie du dîner du premier de l'An, où l'on s'attaque a un bon gros poulet qui fait la pièce de résistance de ce repas. On l'aura engraissé depuis des mois et on l'aura farci de chair à saucisses, de marrons ou de truffes.

On l'entoure, sur le plat, de douze perdreaux, trente œufs durs, et trente truffes noires, le coq étant le symbole de l'année: les perdreaux des mois; les œufs, des jours; et les truffes, des nuits.

On salue ce mets symbolique de joyeuses exclamations, on rit, on cause, on oublie ses peines, et on aime à voir l'avenir en rose.

JETONS DE VŒUX
L'Hôtel de la Monnaie

Le long du quai de Conti, dans un des plus beaux quartiers de Paris, s'élève l'Hôtel de la Monnaie où sont fabriquées les pièces de monnaie françaises.

La magnifique et harmonieuse façade de l'Hôtel de la Monnaie masque une usine qui est de l'autre côté de la cour. Là, dans une vaste salle, propre comme un laboratoire et grandiose comme une salle de trône, des presses à air comprimé frappent chacune de 100 à 140 pièces à la minute.

Le métal (qu'il soit d'or, d'argent ou de billon) arrive à l'Hôtel de la Monnaie en lingots. Il est d'abord transformé en minces plaques, tandis que d'autres machines découpent des flancs qui deviennent les futures pièces. Ces presses peuvent fabriquer jusqu'à 674 millions de pièces par an.

Les pièces françaises sont ensuite livrées à la Banque de France qui en assure l'émission.

L'Hôtel de la Monnaie fabrique la monnaie métallique de nombreux Etats étrangers.

Les Médailles

Mais l'Hôtel de la Monnaie a aussi une autre activité: on y fabrique aussi des médailles qui ont une réputation mondiale.

Sous Louis XVI, les médailles d'époque sont comme un livre ouvert où, à chaque revers, on lit le récit des évènements, depuis les naissances jusqu'aux décès, en passant par les mariages et les victoires.

La médaille est l'œuvre d'un artiste. Il fait d'abord une maquette en plâtre dont le diamètre est, en général, trois fois plus grand que celui de la médaille à frapper. Par diverses techniques et complexes opérations, l'œuvre sortie de l'artiste est transforméee en une médaille d'or, d'argent ou de bronze. Pour frapper les médailles, on emploie une machine dont la force de frappe est de 400 tonnes.

La Médaille de Vœux

La médaille connaît aujourd'hui une nouvelle vogue.

Des scuplteurs comme Belmondo, Auricoste, Couturier, et Adam, et des peintres comme Léger, André Masson, et Despierre, ont mis leur talent au service de cet art. Le *Club Français de la Médaille* groupe tous ceux qui servent ou s'intéressent à cet art.

L'Hôtel de la Monnaie édite et met en vente une *Médaille de Vœux* et des *Jetons de Vœux* en argent, en bronze doré ou en bronze.

Chaque année, la Monnaie de Paris édite une *Médaille Calendrier* dont la face et le revers sont ornés en leur centre de figures allégoriques empruntées à des coins de la collection historique de la Monnaie autour desquelles sont disposés les mois et les jours de l'année, Ainsi la *Médaille-Calendrier* 1965 présente sur une de ses faces une Renommée tenant d'une main une trompette ornée d'un fanion aux armes de France et conduisant un quadrige où sont assises deux figures : celle de l'Abondance et de la Victoire.

La *Médaille de vœux*, mise pour la première fois en vente par l'Hôtel de la Monnaie l'année dernière, symbolise à la fois les souhaits, les vœux et l'inconnu que dévoilera l'année nouvelle.

Les *Jetons de vœux* se présentent sous forme de médaille octagonale. L'une des faces porte, soit une composition allégorique, soit une plante, un animal ou des fleurs. Les inscriptions varient, depuis celles simplement descriptives (comme "Cheminée au gui") jusqu'aux proverbes, "Le faible sauve le fort," "La fortune sourit aux audacieux". Sur l'autre face se trouve la formule : "Vœux les plus vifs".

Les vœux de fin d'année sont la manifestation d'un souhait et d'un désir de la part de ceux qui les envoient pour ceux qui les reçoivent, que l'année nouvelle soit calme, prospère, sans soucis et heureuse. Ces vœux se transmettent généralement par la parole, ou par des cartes illustrées. Peu de temps après, nous oublions les souhaits oraux et les cartes. Mais la *Médaille de Vœux*, tout au contraire, apporte avec elle une continuité et durée. Placée sur un bureau, elle vous rappellera sans que jamais ses caractères ne s'effacent, ni que son métal ne s'altère, le souhait et le désir qu'aura eu pour vous quelqu'un à qui vous êtes cher et qui s'assurait ainsi contre l'oubli.

MARINETTE

Vieux Conte du Nouvel An

Il y avait une fois un tailleur et sa femme qui étaient très riches en bonne humeur et très pauvres d'argent.

Aussi le jour du Nouvel An, ils échangeaient pour tout cadeau dix bons baisers; cela en faisait six de plus que les jours ordinaires et cela leur paraissait très beau.

Or, le premier janvier, le tailleur qui était allé chercher du lait à la laiterie vit, au retour, devant sa porte, un gros colis roulé dans une couverture.

Il prit le colis et l'apporta à sa femme; ils le défirent et trouvèrent au beau milieu un poupon rose et blanc, tout souriant.
—Oh! il te ressemble! dit le tailleur.
—Mais! c'est ton portrait! fit sa femme en même temps.
—Il a les plus jolis yeux du monde! reprit le tailleur.
—Regarde, ses ravissants cheveux! s'écria sa femme.
—As-tu vu ses petits pieds?
—Et ses mignons petits ongles? Ah! le beau cadeau!

Toute la journée les deux n'arrêtèrent pas d'admirer le poupon, de jouer avec lui et de se réjouir. Seulement, vers le soir, ils commencèrent à s'inquiéter: si on allait venir chercher leur beau joujou?... mais personne ne vint. C'était donc bel et bien un cadeau qu'on leur faisait.

Et quel cadeau!

Un cadeau qui criait, qui bougeait, qui chantait.

P'tit cadeau, ce jour-là, but tout le lait de la maisonnée. Le tailleur et sa femme décidèrent que dorénavant ils n'en boiraient plus. Ils trouvèrent à leur café, étendu d'eau, un goût délicieux et s'en allèrent coucher ravis.

Par la suite, P'tit cadeau usa beaucoup de langes; mais le tailleur trouvait délicieux de veiller tard pour lui coudre ceux que sa femme taillait dans ses vieux jupons.

P'tit cadeau eut aussi un gros rhume; et la femme du tailleur trouva délicieux de se lever la nuit pour lui faire des tisanes.

Mais le plus délicieux de tout, ce fut quand P'tit cadeau prit le tailleur par le cou et cria: "Papp... pah!" et qu'il se glissa sur les genoux de sa femme en appelant: "Mamm... man, mam... man", en frottant contre elle sa tête blonde.

Et cela arriva juste au Nouvel An suivant, ce fut le plus beau Nouvel An qu'ils aient eu jusque-là. Ce même jour, papa et maman décidèrent que P'tit cadeau s'appellerait Marinette et qu'elle serait leur fille pour toujours; ils étaient bien certains, maintenant, qu'on ne viendrait jamais la leur reprendre.

Pendant dix ans on entendit chanter et rire dans la maison du tailleur. Depuis qu'il avait recueilli Marinette, le brave homme avait plus d'ouvrage qu'il n'en pouvait coudre; sa femme l'aidait et Marinette aidait au ménage.

Mais, un jour, le malheur entra dans la maison du tailleur; il tomba malade et mourut. Sa femme travailla double pour nourrir et élever Marinette; Marinette travailla double pour aider sa maman; malgre cela on était triste à cause de la place du père qui restait vide.

Un soir que Marinette était allée chercher le lait de leur souper, elle rencontra une vieille qui lui demanda à boire. La petite hésita: il y avait si peu de lait . . . mais la vieille avait l'air si misérable . . . Elle tendit la cruche.

—Mère, fit Marinette en apportant le souper sur la table, j'ai pris ma part de lait, déjà.

Mère regarda Marinette; elle était toute rose; sans rien dire, mère fit deux parts du pain et lui donna la plus grosse. Marinette trouvait à son pain sec un goût délicieux. En le mangeant elle pensait à la vieille. "Tout de même, se disait-elle, elle aurait pu me dire merci!"

Le lendemain Marinette revit la vieille et, de nouveau, elle lui tendit sa cruche; et de nouveau, la vieille but sans remercier; et de nouveau Marinette dit à sa mère qu'elle avait déjà pris sa part et, de nouveau elle devint rose . . . et Mère se tut et lui donna le plus gros morceau de pain..

Le trentième soir la vieille ne s'arrêta de boire que lorsque la cruche fut tout à fait vide Marinette regardait navrée, disparaître la part de Mère.

La vieille alors posa la cruche devant Marinette:

—Tu m'as sauvé la vie, dit-elle, rentre vite chez ta maman sans regarder ce qu'il y a dans ta cruche; raconte-lui tout; et elle verra.

—Elle verra quoi?

La vieille avait disparu!

Marinette, bouleversée, souleva la cruche et la porta à la maison.

—Mère, dit-elle, en posant la cruche près de la cheminée, Mère écoute!

Et elle raconta l'histoire du lait et de la vieille femme.

Mère regarda à l'intérieur de la cruche.

. . . . . .

Tout au fond il y avait une douzaine de pièces d'or.

VII

LE 6 JANVIER

UNE CHARMANTE COUTUME

"LA GALETTE DES ROIS"

L'Epiphanie, fête chrétienne du 6 janvier, rappelle la visite que firent à Bethléem les rois mages pour offrir à l'Enfant divin de l'or (royauté), de l'encens (divinité) et de la myrrhe (vie mortelle). Ce jour, dit des Rois, est l'occasion d'un repas où l'on tire un roi au moyen d'une fève cachée dans une galette.

La coutume a son origine dans les fêtes de Saturne, pendant lesquelles, sous la Rome antique, on tirait au sort un roi du festin. L'Eglise lui assigne comme date le jour de la fête de l'Epiphanie.

En France, on parle pour la première fois du gâteau des rois dans une charte de 1311. A travers les siècles, la fête a donné lieu à des réjouissances sans fin.

A la cour

François Ier tirait joyeusement les rois en mangeant quantité de galettes. Et chaque fois que le roi désigné par la fève portait son verre à la bouche, tous les convives devaient crier "Le roi boit!" Si l'un d'eux l'oubliait, on lui barbouillait le visage de noir, en souvenir du roi mage Melchior, qui était un roi nègre.

Une année, Louis XIV imagina un jeu très amusant. On servit la galette et on tira la fève à plusieurs tables, les unes où se trouvaient les dames de la cour, les autres qui réunissaient les gentilshommes. Ce fut le grand écuyer qui fut roi et une dame d'honneur qui fut reine. Chaque monarque choisit des ministres et des ambassadeurs, qui furent envoyés d'une table à l'autre pour féliciter les puissances voisines et leurs proposer des alliances. Louis XIV, qui s'était vu attribuer le rôle de simple ambassadeur, s'amusa tellement qu'il voulut recommencer la semaine suivante.

Au théâtre

Au théâtre, le cri traditionnel gâta une représentation de la *Marianne,* de Voltaire, qui avait justement lieu le jour des Rois. Au moment où la victime d'Hérode prend la coupe de poison et la porte à ses lèvres, un spectateur, assis au parterre, s'écria: "La reine boit!" Le cri fut répété par la salle, au milieu des fous rires. Il fallut baisser le rideau, qui ne se releva pas, ni la pièce non plus, d'ailleurs.

Aujourd'hui

Autrefois, toutes les boulangeries offraient une galette à leurs clients. Si cette générosité est passée aujourd'hui, la tradition de la galette a survécu. On continue à tirer les rois autour de la table familiale. Jeunes et vieux savourent toujours avec entrain les fines galettes françaises, dans l'espoir de trouver la fève, ou un petit personnage en porcelaine, qui tient souvent lieu de fève.

LA GALETTE DES ROIS
Comédie en 1 Acte

Personnages

LE DOCTEUR LEROY
MADAME LEROY
MARIE, *leur nièce*
Et cinq ou six autres membres de la famille (*cousins, cousines, beaux-frères, belles-sœurs, etc.*).
BÉCASSINE, *la bonne*
M. PRUNEAU, *un des malades du docteur*
LE FACTEUR

. . . . . .

La scène représente le salon-salle à manger du docteur Leroy. C'est le 6 janvier. Toute la famille est assemblée.
LE DOCTEUR : Il est quatre heures ; Marie devrait être là. Il n'y a plus qu'elle que nous attendons. (*On sonne à la porte.*) Ah ! ce doit être elle. (*Bécassine va ouvrir. Entre un monsieur ayant l'air très malade.*)

M. PRUNEAU : Le docteur est-il visible ?
BÉCASSINE : Oui . . . à moins d'être aveugle !
M. PRUNEAU, *apercevant le docteur et se dirigeant vers lui* : Bonjour docteur . . . excusez-moi de venir vous déranger aujourd'hui . . . mais je suis malade : j'ai une indigestion.
LE DOCTEUR : Mais vous ne me dérangez pas du tout ; nous nous apprêtions à fêter les rois. Joignez-vous à nous : on va apporter le gâteau tout à l'heure. Nous n'attendons plus que ma nièce qui sera ici d'un moment à l'autre. (*On sonne.*) Voilà ! Ce doit être elle. (*Bécassine va ouvrir et revient apportant un costume.*)
BÉCASSINE. : C'est le costume beige de monsieur qui revient de chez le teinturier.
LE DOCTEUR : Oh joie ! Il y a plus d'un mois que je le lui avais envoyé. (*On sonne de nouveau.*) Ah voilà ! Ce coup-ci ce doit être Marie. (*Bécassine va ouvrir. Entre le facteur.*)
LE FACTEUR : Bonjour Bécassine. Bonjour docteur. Je viens pour vous souhaiter la bonne année n'ayant pas eu le plaisir de vous trouver chez vous le premier de l'an.
LE DOCTEUR, *sortant de l'argent de sa poche et le lui donnant* : Oui, je sais ce que vous voulez, vous venez chercher vos étrennes. Voilà (*Il lui donne de l'argent.*)
LE FACTEUR : Merci, docteur. Je vous souhaite une bonne année et le paradis à la fin de vos jours . . . Merci beaucoup. (*Il sort.*)
MME LEROY : Cela ne nous aura servi à rien d'aller à la campagne le jour de l'an. Ils ont tous attendu que nous soyons de retour pour venir chercher leurs étrennes ! (*On sonne.*)
LE DOCTEUR : Ah ! ce doit être Marie.
MARIE, *entrant* : Bonjour mon oncle . . . bonjour ma tante, bonjour toute la famille.
LE DOCTEUR : Te voilà, enfin. A table ! A table ! Bécassine, apportez le gâteau.
BÉCASSINE, *apportant le gâteau* : C'est de la chance que j'ai bien regardé la galette avant de la servir, il y avait un petit machin dur dedans !
LE DOCTEUR, *furieux* : Malheureuse ! c'était la fève ! Tout est raté . . . Bécassine : remportez le gâteau à la cuisine et remettez ce machin dur dedans, là où vous l'avez trouvée.
BÉCASSINE, *remportant le gâteau* : Bien, monsieur.

LE DOCTEUR: Est-elle stupide, tout de même!

M. PRUNEAU: Docteur, ainsi, que je vous le disais tout à l'heure, je suis malade ... j'ai une indigestion.

LE DOCTEUR: Je sais ... Je sais ... nous en reparlerons tout à l'heure.

BÉCASSINE, *entrant et apportant le gâteau*: Voilà J'ai mis le machin dur dans ce morceau-ci. (*Elle le désigne du doigt.*)

LE DOCTEUR: Malheureuse! Il ne fallait pas nous le dire! Remportez le gâteau et mettez la fève dans un autre morceau.

BÉCASSINE: Bien monsieur. (*Elle remporte le gâteau.*)

M. PRUNEAU: Docteur: j'ai des douleurs dans l'estomac.

LE DOCTEUR: Une fois que vous aurez mangé de ce gâteau, vous vous sentirez mieux.

BÉCASSINE, *apportant le gâteau et le posant sur la table devant le docteur*: Voilà. (*Le docteur recouvre le gâteau d'une serviette blanche.*)

LE DOCTEUR, *prenant un des morceaux sous la serviette*: Marie c'est toi la plus jeune: à toi de me dire à qui je dois donner ce morceau-ci.

MARIE: A tante Eugénie. (*Le docteur le lui donne et le met dans son assiette.*)

LE DOCTEUR, *prenant un autre morceau*: Pour qui ce morceau-ci?

MARIE: Pour Joséphine.

LE DOCTEUR: Et celui-ci?

MARIE: (*Elle désigne un par un tous les invités. Une fois que tout le monde a son morceau, on commence à manger, en silence. Tout à coup M. Pruneau pousse un cri.*)

M. PRUNEAU: Ouille! Ouille! Ah! là là! (*Il se tient la machoire.*)

LE DOCTEUR, *se levant*: Qu'y a-t-il?

M. PRUNEAU: Je me suis cassé une dent, je crois ... (*Il sort quelque chose de sa bouche: c'est la fève.*)

MME LEROY: C'est lui qui l'a! M. Pruneau, c'est vous qui êtes le roi.

TOUT LE MONDE: Vive le roi!

MARIE: Maintenant, M. Pruneau, il faut que vous choisissiez une reine. Qui prenez-vous pour reine?

(*M. Pruneau regarde autour de lui et aperçoit Bécassine qui lui sourit.*)

LE DOCTEUR: Qui choisissez-vous?

M. PRUNEAU: Bécassine.

LE DOCTEUR, *furieux*: Mais non, mon cher ... Choisissez quelqu'un de notre groupe ... Marie, par exemple.
M. PRUNEAU: Très bien: Mademoiselle. (*Il désigne Marie.*)
TOUT LE MONDE: Vive la reine!
(*Le docteur pose une couronne de papier sur la tête de M. Pruneau, et sur celle de Marie.*)
TOUT LE MONDE: Vive le roi! Vive la reine!
(*M. Pruneau boit.*)
MME LEROY: Le roi boit! Il faut que tout le monde en fasse autant.
TOUT LE MONDE: Le roi boit!
(*Tout le monde se lève. Tout le monde boit. Le roi pose son verre. Tout le monde pose son verre. M. Pruneau se gratte la tête.*)
LE DOCTEUR: Le roi se gratte la tête! (*Tout le monde l'imite.*)
MME LEROY: La reine se met du rouge sur les lèvres! (*Toutes les dames en font autant.*)
LE DOCTEUR, *apercevant M. Pruneau qui se mouche*: Le roi se mouche! (*Tout le monde se mouche.*)
MME LEROY: Le roi s'essuie la bouche! (*Tout le monde en fait autant.*)
LE DOCTEUR, *voyant que M. Pruneau s'endort*: Le roi dort!
(*Tout le monde s'endort ... et ronfle.*)

MADEMOISELLE PERLE
par
GUY DE MAUPASSANT

I

    Quelle singulière idée j'ai eue, vraiment, ce soir-là, de choisir pour reine Mlle Perle!

Tirer les rois, partager la galette des rois pour voir qui sera roi

    Je vais tous les ans tirer les Rois chez mon vieil ami Chantal. Mon père, dont il était le plus intime camarade, m'y conduisit quand j'étais enfant. J'ai continué, et je continuerai sans doute tant que je vivrai, et tant qu'il y aura un Chantal en ce monde.

L'Observatoire est situé sur la rive gauche de la Seine

    Ils ont, auprès de l'Observatoire, une maison dans un petit jardin. Ils sont chez eux, là, comme en province. De Paris, du vrai Paris, ils ne connaissent rien: ils sont si loin! si loin! Parfois, cependant, ils font un voyage, un long voyage.

Aller aux provisions, aller faire les achats nécessaires pour la nourriture.

Mme Chantal va aux grandes provisions, comme on dit dans la famille. Voici comment on va aux grandes provisions.

Mlle Perle,(qui a les clefs des armoires de la cuisine car les armoires à linge sont administrées par la maîtresse elle-même), Mlle Perle prévient que le sucre touche à sa fin, que les conserves sont épuisées, qu'il ne reste plus grand chose au fond du sac à café.

Ainsi mise en garde contre la famine, Mme Chantal passe l'inspection des restes, en prenant des notes sur un calepin. Puis, quand elle a écrit beaucoup de chiffres, elle fait d'abord de longs calculs et ensuite a de longues discussions avec Mlle Perle. On finit cependant par se mettre d'accord et par fixer les quantités de chaque chose dont on aura besoin pour trois mois: sucre, riz, pruneaux, café, confiture, boîtes de petits pois, de haricots, de homard, poissons salés ou fumés, etc.

Après quoi, on décide le jour des achats et on s'en va, en fiacre, dans un fiacre à galerie, chez un épicier considérable qui habite au-delà des ponts, dans les quartiers neufs. Mme Chantal et Mlle Perle font ce voyage ensemble, mystérieusement, et reviennent à l'heure du dîner, exténuées, bien qu'émues encore, dans le fiacre dont le toit est couvert de paquets et de sacs, comme une voiture de déménagement.

Pour les Chantal, toute la partie de Paris située de l'autre côté de la Seine constitue les quartiers neufs, quartiers habités par une population singulière, bruyante, peu honorable, qui passe les jours en dissipations, les nuits en fêtes, et qui jette de l'argent par les fenêtres. De temps en temps, cependant, on mène les jeunes filles au théâtre, à l'Opéra-Comique, ou au Théâtre Français, quand la pièce est recommandée par le journal que lit M. Chantal.

Les jeunes filles ont aujourd'hui dix-neuf et dix-sept ans; ce sont deux belles filles, grandes et fraîches, très bien élevées, si bien élevées qu'elles passent inaperçues comme deux jolies poupées.

Prévenir, informer en avance.
Conserve (canned food)
Calepin, petit cahier
Fiacre, taxi hippomobile
A galerie, (with a baggage rack)
Exténué, fatigué
Emu, troublé
Déménagement, transport des meubles

Jamais l'idée ne viendrait de faire attention ou de faire la cour aux demoiselles Chantal. C'est à peine si on ose leur parler.

Quant au père, c'est un charmant homme, très instruit, très ouvert, très cordial, mais qui aime avant tout le repos, le calme, la tranquillité, et qui a forcément contribué à momifier ainsi sa famille pour vivre dans sa stagnante immobilité. Il lit beaucoup, cause volontiers et s'attendrit facilement.

Les Chantal ont des relations cependant, mais de relations restreintes, choisies avec soin dans le voisinage. Ils échangent aussi deux ou trois visites par an avec des parents qui habitent au loin.

Quand à moi, je vais dîner chez eux le 15 août et le jour des Rois. Cela fait partie de mes devoirs comme la communion de Pâques pour les-catholiques.

Le 15 août, on invite quelques amis, mais aux Rois, je suis le seul convive étranger.

Momifier, transformer en momie

Restreintes, limitées

15 *août*, fête de l'Assomption

Convive, invité

II

Donc, cette année, comme les autres années, j'ai été dîner chez les Chantal pour fêter l'Epiphanie.

Selon la coutume, j'embrassai M. Chantal, Mme Chantal et Mlle Perle, et je fis un grand salut à Mlles Louise et Pauline. On m'interrogea sur mille choses, sur les évènements du boulevard, et sur la politique. Mme Chantal, une grosse dame, dont toutes les idées me font l'effet d'être carrées à la façon des pierres de taille, avait coutume de dire cette phrase comme conclusion à toute discussion politique : *Pierre de taille, gros bloc de pierre employé dans la construction*

Tout cela est de la mauvaise graine pour plus tard. *Mauvaise graine, mauvais sujet*

Pourquoi me suis-je toujours imaginé que les idées de Mme Chantal sont carrées? Je n'en sais rien, mais tout ce qu'elle dit prend cette forme dans mon esprit: un carré, un gros carré avec quatre angles symétriques. Il y a d'autres personnes dont les idées me semblent toujours rondes et roulantes comme des cerceaux. Dès qu'elles ont commencé une phrase, ça roule, ça sort par dix, vingt, cinquante idées rondes, de grandes et des petites que je vois courir l'une derrière l'autre, jusqu'au bout de l'horizon. D'autres personnes aussi ont des idées pointues . . . Enfin, cela importe peu. On se mit à table comme toujours, et le dîner s'acheva sans qu'on eût dit rien à retenir. *Cerceau (hoop)* *Importe peu, est sans importance*

Au dessert, on apporta le gâteau des Rois. Or, chaque année, M. Chantal était roi. Etait-ce l'effet d'un hasard continu ou d'une convention familiale, je n'en sais rien, mais il trouvait infailliblement la fève dans sa part de pâtisserie et il proclamait reine Mme Chantal. Aussi, fus-je stupérfait en sentant dans une bouchée quelque chose de très dur qui faillit me casser une dent. J'ôtai doucement cet objet de ma bouche et *Fève (bean)*

j'aperçus une petite poupée, de porcelaine, pas plus grosse qu'un haricot. La surprise me fit rire:
—Ah!
On me regarda, et Chantal s'écria en battant des mains:
—C'est Gaston. C'est Gaston. Vive le roi! vive le roi!

En chœur, ensemble

Tout le monde reprit en chœur: "Vive le roi!" et je rougis jusqu'aux oreilles, comme on rougit souvent sans raison, dans les situations un peu

Sot, stupide

sottes. Je demeurais les yeux baissés, tenant entre deux doigts ce grain de faïence, m'efforçant de rire et ne sachant que faire ni que dire, lorsque Chantal reprit:
—Maintenant, il faut choisir une reine.

Atterré (stunned)

Alors je fus atterré. En une seconde, mille pensées me traversèrent l'esprit. Voulait-on me faire désigner une des demoiselles Chantal? Etait-ce là une douce, légère, insensible poussée des parents vers un mariage possible? L'idée de

Rôder, tourner, autour

mariage rôde sans cesse dans toutes les maisons à grandes filles et prend toutes les formes, tous les déguisements, tous les moyens. Une peur atroce de me compromettre m'envahit, et aussi une extrême timidité, devant l'attitude si obstinément correcte et fermée de Mlles Louise et Pauline.

Elire, nommer, choisir

Elire l'une d'elles au détriment de l'autre mê sembla aussi difficile que de choisir entre deux gouttes d'eau; et puis, la crainte de m'aventurer dans une histoire ou je serais conduit au mariage malgré moi, tout doucement, par des procédés aussi discrets, aussi inaperçus et aussi calmes que cette royauté insignifiante, me troublait horriblement.

Tendre, offrir

Mais tout à coup, j'eus une inspiration, et je tendis à Mlle Perle la poupée symbolique. Tout le monde fut d'abord surpris, puis on apprécia sans doute ma délicatesse et ma discrétion, car on applaudit avec furie. On criait:

—Vive la reine! vive la reine!

Quant à elle, la pauvre vieille fille, elle avait perdu toute contenance; elle tremblait, effarée, et balbutiait:

—Mais non... mais non... mais non... pas moi... je vous en prie... pas moi... je vous en prie...

Balbutier, parler avec hésitation sans articuler

Alors, pour la première fois de ma vie, je regardai Mlle Perle, et je me demandai ce qu'elle était.

J'étais habitué à la voir dans cette maison, comme on voit les fauteuils de tapisserie sur lesquels on s'assied depuis son enfance sans les avoir remarqués. Un jour, on ne sait pas pourquoi, parce qu'un rayon de soleil tombe sur le siège, on dit tout à coup: "Tiens! mais il est fort curieux ce meuble" et on découvre que le bois a été travaillé par un artiste, et que l'étoffe est remarquable. Jamais je n'avais fait attention à Mlle Perle. Elle faisait partie de la famille

Chantal, voilà tout. A quel titre? C'était une grande personne maigre qui s'efforçait de rester inaperçue, mais qui n'était pas insignifiante. On la traitait amicalement, mieux qu'une femme de charge, moins bien qu'une parente. Je saisissais tout à coup, maintenant, une quantité de nuances dont je ne m'étais pas soucié jusqu'ici! Mme Chantal disait: "Perle." Les jeunes filles: "Mlle Perle", et Chantal ne l'appelait que "Mademoiselle", d'un air plus révérend peut-être.

Je me mis à la regarder. Quel âge avait-elle? Quarante ans? Oui, quarante ans. Elle n'était pas vieille, cette fille, elle se vieillissait. Je fus soudain frappé par cette remarque. Elle se coiffait et s'habillait ridiculement, et, malgré tout, elle n'était pas ridicule tant elle portait en elle de grâce simple, naturelle, de grâce voilée, cachée avec soin. Quelle drôle de créature, vraiment! Comment ne l'avais-je mieux observée? Tout le visage était fin et discret, un de ces visages qui se sont éteints sans avoir été usés, ou fanés par les fatigues ou les grandes émotions de la vie.

Quelle jolie bouche! et quelles jolies dents! Mais on eût dit qu'elle n'osait pas sourire!

Et brusquement, je la comparai à Mme Chantal! Certes, Mlle Perle était mieux, cent fois mieux, plus fine, plus noble, plus fière.

J'étais stupéfait de mes observations. On versait du champagne. Je tendis mon verre à la reine, en portant sa santé avec un compliment bien tourné. Elle eut envie, je m'en aperçus, de se cacher la figure dans sa serviette; puis comme elle trempait ses lèvres dans le vin clair, tout le monde cria:

—La reine boit! la reine boit!

Elle devint alors toute rouge et s'étrangla. On riait; mais je vis bien qu'on l'aimait beaucoup dans la maison.

III

Dès que le dîner fut fini, Chantal me prit par le bras. C'était l'heure de son cigare, heure sacrée. Quand il était seul, il allait le fumer dans la rue; quand il avait quelqu'un à dîner, on montait au billard, et il jouait en fumant. Ce soir-là, on avait même fait du feu dans le billard, à cause des Rois; et mon vieil ami prit sa queue, une queue très fine qu'il frotta de blanc avec grand soin, puis il dit:

Queue (cue)

—A toi, mon garçon!

Car il me tutoyait, bien que j'eusse vingt-cinq ans, mais il m'avait vu tout enfant.

Tutoyer, user de la deuxième personne du singulier en parlant à quelqu'un

Je commençai donc le partie; je fis quelques carambolages; j'en manquai quelques autres; mais comme la pensée de Mlle Perle me rôdait dans la tête, je demandai tout à coup:

—Dites donc, monsieur Chantal, est-ce que Mlle Perle est votre parente?

Il cessa de jouer, très étonné, et me regarda.

—Comment, tu ne sais pas? tu ne connais pas l'histoire de Mlle Perle?

—Mais non.

—Tiens, tiens, que c'est drôle! ah! par exemple! que c'est drôle! Oh! mais, c'est tout une aventure!

Se tut, cessa de parler

Il se tut, puis il reprit:

—Et si tu savais comme c'est singulier que tu me demandes ça aujourd'hui, un jour des Rois.

—Pourquoi?

—Ah! pourquoi! Ecoute!

Voilà de cela quarante et un ans, quarante et un ans aujourd'hui même, jour de l'Epiphanie. Nous habitions alors Roüy-le-Tors, sur les remparts; mais il faut d'abord t'expliquer la maison pour que tu comprennes bien. Roüy est bâti sur une côte, ou plutôt sur une colline qui domine un grand pays de prairies. Nous avions là une maison avec un beau jardin suspendu, soutenu en l'air par les vieux murs de la défense. Donc la maison était dans la ville, tandis que le jardin dominait la plaine. Il y avait aussi une porte de sortie de ce jardin sur la campagne, au bout d'un escalier secret qui descendait dans l'épaisseur des murs, comme on en trouve dans les romans. Une route passait devant cette porte qui était munie d'une grosse cloche, car les paysans, pour éviter le grand tour, apportaient là leurs provisions.

<small>*Défense*, fortifications</small>

<small>*Pour éviter le grand tour*, pour ne pas avoir a faire le tour</small>

Tu vois bien les lieux, n'est-ce pas? Or, cette année-là, aux Rois, il neigeait depuis une semaine. On eût dit la fin du monde. Quand nous allions aux remparts regarder la plaine, ça nous faisait froid dans l'âme, cet immense pays blanc, glacé. Je t'assure que c'était bien triste.

Nous demeurions en famille à ce moment-là, et nombreux, très nombreux: mon père, ma mère, mon oncle et ma tante, mes deux frères et mes quatre cousines; c'étaient de jolies fillettes; j'ai épousé la dernière. De tout ce monde-là, nous ne somme plus que trois survivants: ma femme, moi et ma belle-sœur qui habite Marseille. Moi, j'avais quinze ans, puisque maintenant j'en ai cinquante-six.

Donc, nous allions fêter les Rois, et nous étions très gais, très gais! Tout le monde attendait le dîner dans le salon, quand mon frère aîné, Jacques, se mit à dire:

<small>*Hurler*, pousser des cris prolongés</small>

—Il y a un chien qui hurle dans la plaine depuis dix minutes, ça doit être une pauvre bête perdue.

Il n'avait pas fini de parler, que la cloche du jardin sonna. Elle avait un gros son de cloche d'église qui faisait penser aux morts. Mon père appela le domestique et lui dit d'aller voir. On attendit en grand silence; nous pensions à la neige qui couvrait toute la terre. Quand l'homme revint, il affirma qu'il n'avait rien vu. Le chien hurlait toujours, sans cesse, et sa voix ne changeait pas de place.

On se mit à table; mais nous étions un peu émus, *Emu,* troublé, touché
surtout les jeunes. Ça alla bien jusqu'au rôti, puis
voilà que la cloche se remet à sonner, trois fois
de suite, trois grands coups, longs, qui ont
vibré jusqu'au bout de nos doigts. Nous restions
à nous regarder, la fourchette en l'air, écoutant
toujours et saisis d'une espèce de peur naturelle.

Ma mère enfin parla:

—C'est étonnant qu'on ait attendu si longtemps pour revenir; n'allez pas seul, Baptiste; un de ces messieurs va vous accompagner.

Mon oncle François se leva. C'était une espèce d'hercule, très fier de sa force et qui ne craignait rien au monde. *Ne craignait,* n'avait peur de

Mon père lui dit:

—Prends un fusil. On ne sait pas ce que ça peut être.

Mon oncle ne prit qu'une canne et sortit aussitôt avec le domestique.

Nous autres, nous demeurâmes frémissant de terreur et d'angoisse, sans manger, sans parler. Mon père essaya de nous rassurer:

Vous allez voir, dit-il, que ce sera quelque mendiant ou quelque passant perdu dans la *Mendiant,* personne qui vie de la charité neige. Après avoir sonné une première fois, publique voyant qu'on n'ouvrait pas tout de suite, il a tenté de retrouver son chemin, puis, n'ayant pu y parvenir, il est revenu à notre porte.

L'absence de mon oncle nous parut durer une heure. Il revint enfin, furieux, jurant. *Jurant,* blasphémant

—Rien, nom de nom, c'est un farceur! Rien *Farceur,* personne qui n'agit pas sérieusement que ce maudit de chien qui hurle à cent mètres ment des murs. Si j'avais pris mon fusil je l'aurais tué pour le faire taire.

On se remit à dîner, mais tout le monde demeurait anxieux; on sentait bien que ce n'était pas fini, qu'il allait se passer quelque chose, que la cloche, tout à l'heure, sonnerait encore.

Et elle sonna, justement au moment où l'on coupait le gâteau des Rois. Tous les hommes se levèrent ensemble. Mon oncle François, qui avait bu du champagne, affirma qu'il allait le massacrer avec tant de fureur, que ma mère et ma tante se jetèrent sur lui pour l'empêcher. Mon père déclara à son tour qu'il voulait savoir ce que c'était, et qu'il irait. Mes frères, âgés de dix-huit et de vingt ans, coururent chercher leurs fusils; et comme on ne faisait guère attention à moi, je pris une carabine de jardin et je me disposai aussi à accompagner l'expédition.

ne ... guère, très peu

Elle partit aussitôt. Mon père et mon oncle marchaient devant, avec Baptiste, qui portait la lanterne. Mes frères Jacques et Paul suivaient, et je venais derrière, malgré les supplications de ma mère, qui demeurait avec ma sœur et mes cousines sur le seuil de la maison.

La neige s'était remise à tomber depuis une heure; et les arbres en étaient chargés. La neige tombait si épaisse qu'on y voyait tout juste à dix pas. Mais la lanterne jetait une grande clarté devant nous. Quand on commença à descendre l'escalier creusé dans la muraille, j'eus peur, vraiment. Il me sembla qu'on marchait derrière moi; qu'on allait me saisir par les épaules et m'emporter; et j'eus envie de me retourner; mais comme il fallait retraverser le jardin, je n'osai pas. J'entendis qu'on ouvrait la porte sur la plaine, puis mon oncle se mit à jurer.

Je ne le rate pas, je ne le manquerai pas

—Nom d'un nom, il est reparti! Si j'aperçois seulement son ombre, je ne le rate pas.

C'était sinistre de voir la plaine, ou plutôt de la sentir devant soi; car on ne la voyait pas.

Mon oncle reprit:

—Tiens, voilà le chien qui hurle; je vais lui apprendre comment je tire, moi. Ça sera toujours ça de gagné.

Mais mon père, qui était bon, reprit:

—Il vaut mieux l'aller chercher, ce pauvre animal, qui crie de faim. Il appelle comme un homme en détresse. Allons-y.

Et on se mit en route à travers cette tombée épaisse, continue.

A mesure que nous avancions, la voix du chien devenait plus claire, plus forte. Mon oncle cria: *A mesure que*, en même temps que

—Le voici!

On s'arrêta pour l'observer, comme on doit faire en face d'un ennemi qu'on rencontre dans la nuit.

Il était effrayant et fantastique à voir, ce chien, un gros chien noir, un chien de berger à grands poils et à la tête de loup, dressé sur ses quatre pattes. Il ne bougeait pas; il s'était tu; et il nous regardait. *Dressé*, se tenant droit

Tu (verbe taire)

Mon oncle dit:

—C'est singulier, il n'avance ni ne recule. J'ai bien envie de lui flanquer un coup de fusil. *Singulier*, extraordinaire

Flanquer, donner

Mon père reprit d'une voix ferme:

—Non, il faut le prendre.

Alors mon frère Jacques ajouta:

—Mais il n'est pas seul. Il y a quelque chose à côté de lui.

Il y avait quelque chose derrière lui, en effet, quelque chose de gris, d'impossible à distinguer. On se remit en marche avec précaution.

En nous voyant approcher, le chien s'assit sur son derrière. Il n'avait pas l'air méchant. Il semblait plutôt content d'avoir réussi à attirer des gens.

Mon père alla droit à lui et le caressa. Le chien

lui lécha les mains, et on vit qu'il était attaché à la roue d'une petite voiture, d'une sorte de voiture joujou enveloppée toute entière dans trois ou quatre couvertures de laine. On enleva ces linges avec soin, et comme Baptiste approchait sa lanterne, on aperçut dedans un petit enfant qui dormait.

Nous fûmes tellement stupéfaits que nous ne pouvions dire un mot. Mon père se remit le premier, et comme il était de grand cœur, et d'âme un peu exaltée, il étendit la main sur le toit de la voiture et il dit:

—Pauvre abandonné, tu seras des nôtres!

Et il ordonna à mon frère Jacques de rouler devant nous notre trouvaille.

Mon père reprit, pensant tout haut:

—Quelque enfant d'amour dont la pauvre mère est venue sonner à ma porte en cette nuit d'Epiphanie, en souvenir de l'Enfant-Dieu.

Il s'arrêta de nouveau, et, de toute sa force, il cria quatre fois à travers la nuit vers les quatre coins du ciel:

—Nous l'avons recueilli!

Puis, posant sa main sur l'épaule de son frère, il murmura:

—Si tu avais tiré sur le chien, François?...

Mon oncle ne répondit pas, mais il fit dans l'ombre, un grand signe de croix, car il était très religieux, malgré ses airs fanfarons.

On avait détaché le chien qui nous suivait.

Ah! par exemple, ce qui fut gentil à voir, c'est la rentrée à la maison. On eut d'abord beaucoup de mal à monter la voiture par l'escalier des remparts; on y parvint cependant et on la roula jusque dans le vestibule.

Comme maman était drôle, contente et effarée! Et mes quatre petites cousines (la plus jeune avait six ans), elles ressemblaient à quatre poules autour d'un nid. On retira enfin de sa

Se remit (recovered)

Trouvaille, découverte

Nous l'avons recueilli, nous l'avons trouvé et lui donnons refuge

Fanfaron, qui affecte la bravoure sans en avoir

On y parvint, on a pu le faire

Effarée, stupéfaite

voiture l'enfant qui dormait toujours. C'était une fille, âgée de six semaines environ. Et on trouva dans ses langes dix mille francs en or, oui, dix mille francs! que papa plaça pour lui faire une dot. Ce n'était donc pas une enfant de pauvres ... mais peut-être l'enfant de quelque noble avec une petite bourgeoise de la ville ... ou encore ... nous avons fait mille suppositions et on n'a jamais rien su ... mais là, jamais rien ... jamais rien ... Le chien lui-même ne fut reconnu de personne. Il était étranger au pays. Dans tous les cas, celui ou celle qui était venu sonner trois fois à notre porte connaissait bien mes parents pour les avoir choisis ainsi.

Lange, étoffe qui sert à envelopper un bébé

Dot, portion qu'apporte une femme au mariage

Voilà donc comment Mlle Perle entra, à l'âge de six semaines, dans la maison Chantal.

On ne la nomma que plus tard, Mlle Perle, d'ailleurs. On la fit baptiser d'abord: "Marie, Simone, Claire", Claire devait lui servir de nom de famille.

Je vous assure que ce fut une drôle de rentrée dans la salle à manger avec cette mioche réveillée qui regardait autour d'elle ces gens et ces lumières, de ses yeux vagues, bleus et troubles.

Mioche, jeune enfant

On se remit à table et le gâteau fut partagé. J'étais le roi; et je pris pour reine Mlle Perle, comme vous, tout à l'heure. Elle ne se douta guère, ce jour-là, de l'honneur qu'on lui faisait.

Donc l'enfant fut adoptée et élevée dans la famille. Elle grandit: des années passèrent. Elle était gentille, douce, obéissante. Tout le monde l'aimait et on l'aurait abominablement gâtée si ma mère ne l'eût empêché.

Gâter, traiter avec trop d'indulgence

Ma mère était une femme d'ordre et de hiérarchie. Elle consentait à traiter la petite Claire comme ses propres fils, mais elle tenait cependant à ce que la distance qui nous séparait fût bien marquée, et la situation bien établie. Aussi, dès que l'enfant put comprendre elle lui fit connaître son histoire et fit pénétrer tout doucement, même tendrement dans l'esprit de la petite, qu'elle était pour les Chantal une fille adoptive, recueillie, mais en somme une étrangère.

Claire comprit cette situation avec une singulière intelligence, avec un instinct surprenant; et elle sut prendre et garder sa place qui lui était laissée, avec tant de tact, de grâce et de gentillesse, qu'elle touchait mon père à le faire pleurer.

Emue, touchée

Mignone, terme de tendresse

Ma mère elle-même fut tellement émue par la reconnaissance passionnée et le dévouement un peu craintif de cette mignone et tendre creature, qu'elle se mit à l'appeler: "Ma fille." Parfois quand la petite avait fait quelque chose de bon, de délicat, ma mère relevait ses lunettes sur son front, ce qui indiquait toujours une émotion chez elle et elle répétait:

—Mais c'est une perle, une vraie perle, cette enfant! Ce nom en resta à la petite Claire qui devint et demeura pour nous Mlle Perle.

Ballants, qui pendent et oscillent

Tripotait, touchait, manipulait

M. Chantal se tut. Il était assis sur le billard, les pieds ballants, et il maniait une boule de la main gauche, tandis que de la droite il tripotait un linge qui servait à effacer les points sur le tableau d'ardoise. Un peu rouge, il parlait pour lui maintenant, parti dans ses souvenirs, allant doucement à travers les choses anciennes et les vieux événements qui se réveillaient dans sa mémoire, comme on va, en se promenant, dans les vieux jardins de famille où l'on fut élevé et où chaque arbre, chaque chemin, chaque plante font surgir, à chaque pas, un petit fait de notre vie passée, un de ces petits faits insignifiants et délicieux qui forment le fond même, la trame de l'existence.

Surgir, venir à la mémoire

Trame, ensemble

Moi, je restais en face de lui, adossé à la muraille, les mains appuyées sur ma queue de billard inutile.

Il reprit, au bout d'une minute :
—Ah! Mon Dieu, qu'elle était jolie à dix-huit ans... et gracieuse... et parfaite... Ah! la jolie... jolie... jolie... et bonne... et brave... et charmante fille!... Elle avait des yeux... des yeux bleus... transparents... clairs... comme je n'en ai jamais vu de pareils... jamais!

Il se tut encore. Je demandai :
—Pourquoi ne s'est-elle pas mariée?

Il répondit, non pas à moi, mais à ce mot qui passait "mariée".
—Pourquoi? pourquoi? Elle n'a pas voulu. Elle avait pourtant trente mille francs de dot, et elle fut demandée plusieurs fois... elle n'a pas voulu! Elle semblait triste à cette époque-là C'est quand j'épousai ma cousine, la petite Charlotte, ma femme, avec qui j'étais fiancé depuis six ans.

Je regardai M. Chantal et il me semblait que je pénétrais dans son esprit, que je pénétrais tout à coup dans un de ces humbles et cruels drames de cœurs sans reproches, dans un de ces drames inavoués, inexplorés, que personne n'a connu, pas même ceux qui en sont les muettes et résignées victimes. Et, une curiosité hardie me poussant tout à coup, je prononçai :

Inavoué, qui n'est pas reconnu

muet, qui n'a pas usage de la parole

—C'est vous qui auriez dû l'épouser, M. Chantal?

Il tressaillit, me regarda et dit :
—Moi, épouser qui?
—Mlle Perle.
—Pourquoi ça?

Tressaillir, sentir une émotion

Parce que vous l'aimiez plus que votre cousine.

Il me regarda avec des yeux étranges, ronds, effarés, puis il balbutia :
—Je l'ai aimée... moi?... comment? qu'est-ce qui t'a dit ça?...
—Mais, ça se voit... et c'est même à cause d'elle que vous avez tardé si longtemps à épouser

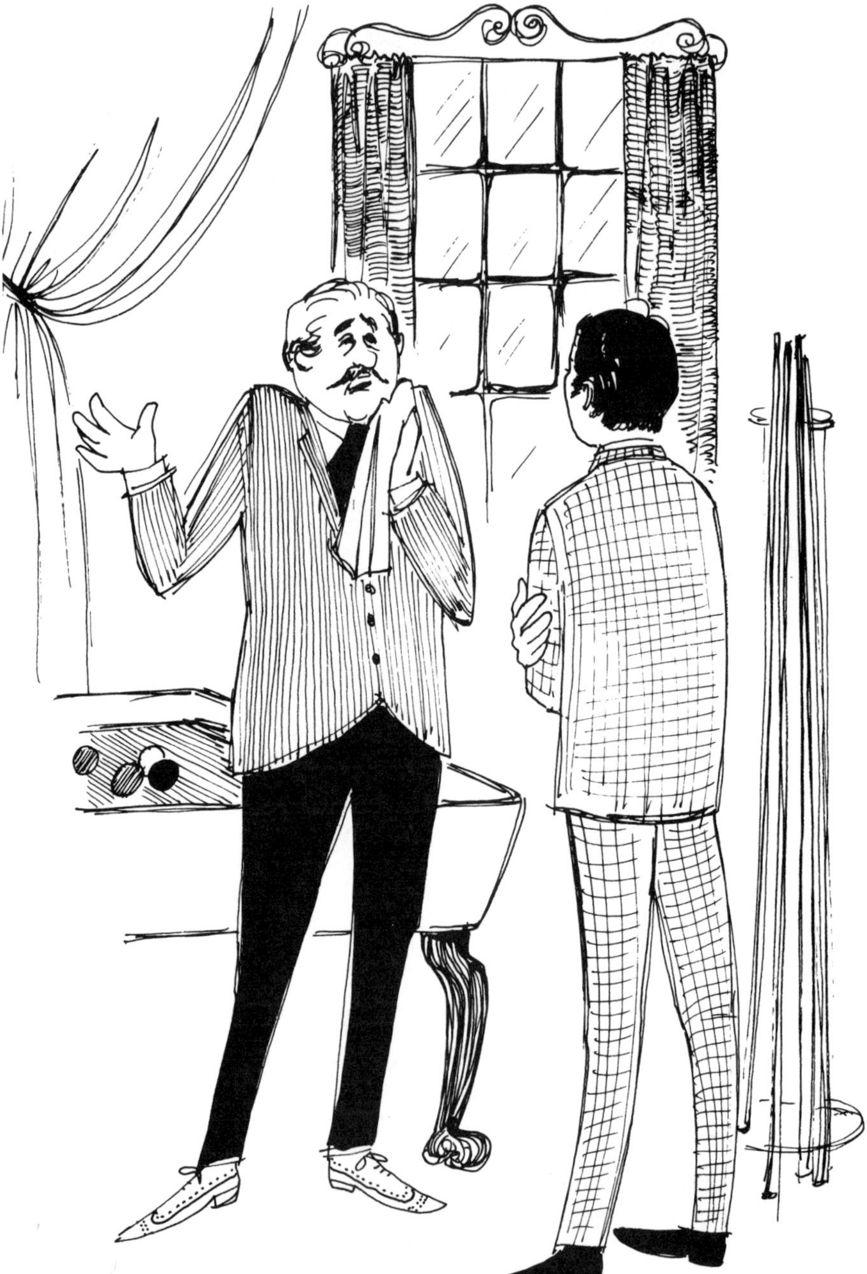

votre cousine qui vous attendait depuis six ans.
Il lâcha la boule qu'il tenait de la main gauche, saisit à deux mains le linge à craie, et, s'en couvrant le visage, se mit à sangloter dedans. Il pleurait d'une façon désolante, comme pleure une éponge qu'on presse, par les yeux, le nez et la bouche en même temps. Et il toussait, crachait, se mouchait dans le linge à craie, s'essuyait les yeux, et éternuait. *Linge*, serviette
Sangloter, pleurer
Tousser (to cough)
Cracher (to spit)
Eternuer (to sneeze)

Moi, effaré, honteux, j'avais envie de me sauver et je ne savais plus que dire, que faire, que tenter.

Et soudain, la voix de Mme Chantal résonna dans l'escalier:

—Est-ce bientôt fini, votre fumerie? *Fumerie*, action de fumer

J'ouvris la porte et je criai:

—Oui, madame, nous descendons.

Puis, je me précipitai vers son mari, et, le saisissant par les coudes:

—Monsieur Chantal, mon ami Chantal, écoutez-moi; votre femme vous appelle, remettez-vous vite, il faut descendre, remettez-vous. *Remettez-vous*, calmez-vous

Il bégaga: *Bégayer*, prononcer mal les mots

—Oui . . . oui . . . je viens . . . pauvre fille! . . . je viens . . . dites-lui que j'arrive.

Et il commença à s'essuyer consciencieusement la figure avec le linge qui depuis deux ou trois ans essuyait toutes les marques de l'ardoise, puis il apparut, moitié blanc et moitié rouge, le front, le nez, les joues et le menton barbouillés de craie, et les yeux gonflés, encore plein de larmes *Ardoise*, roche grise servant a faire des tableaux noirs
Barbouillé, sali, taché

Je le pris par les mains et je l'entraînai dans sa chambre en murmurant:

—Je vous demande pardon, je vous demande bien pardon, monsieur Chantal, de vous avoir fait de la peine . . . mais . . . je ne savais pas . . . vous . . . vous comprenez . . . *Faire de la peine*, causer du chagrin

Il me serra la main.

—Oui . . . oui . . . il y a des moments difficiles . . .

Puis il se plongea la figure dans une cuvette. Quand il en sortit, il ne me parut pas encore présentable; mais j'eus l'idée d'une petite ruse. Comme il s'inquiétait, en se regardant dans la glace, je lui dis :

—Il suffira de raconter que vous avez un grain de poussière dans l'œil, et vous pourrez pleurer devant tout le monde autant qu'il vous plaira.

Il descendit en effet, en se frottant les yeux avec son mouchoir. On s'inquiéta; chacun voulut chercher le grain de poussière qu'on ne trouva point, et on raconta des cas semblables où il était devenu nécessaire d'aller chercher un médecin.

Moi, j'avais rejoint Mlle Perle et je la regardais, toujours par une curiosité ardente, une curiosité qui devenait une souffrance. Elle avait dû être bien jolie en effet, avec ses yeux doux, si grands, si calmes, si larges qu'elle avait l'air de ne les jamais fermer, comme font les autres humains. Sa toilette était un peu ridicule, une vraie toilette de vieille fille.

Il me semblait que je voyais en elle, comme j'avais vu tout à l'heure dans l'âme de M. Chantal, que j'apercevais, d'un bout à l'autre, cette vie humble, simple et dévouée; mais un besoin harcelant de l'interroger, de savoir si, elle aussi, l'avait aimé, lui; si elle avait souffert comme lui de cette longue souffrance secrète, aiguë, qu'on ne voit pas, qu'on ne sait pas, qu'on ne devine pas, mais qui s'échappe la nuit, dans la solitude de la chambre noire. Je la regardais, et je lui dis tout bas, comme font les enfants qui cassent un bijou pour voir dedans :

—Si vous aviez vu pleurer M. Chantal tout à l'heure, il vous aurait fait pitié.

Elle tressaillit :

—Comment, il pleurait?

—Oui, il pleurait!

S'inquiéter, se préoccuper

Poussière (dust)

Toilette, façon dont une femme est habillée

Aigu (sharp)

S'échapper, sortir

Elle semblait très émue. Je répondis:
—A votre sujet.
—A mon sujet?
—Oui, il me racontait combien il vous avait aimée autrefois; et combien il lui en avait coûté d'épouser sa femme au lieu de vous . . .

Au lieu de, à la place de

Sa figure pâle me parut s'allonger un peu; ses yeux toujours ouverts, ses yeux calmes se fermèrent tout à coup, si vite qu'ils semblaient s'être clos pour toujours. Elle glissa de sa chaise sur le plancher et s'y affaissa doucement, lentement, comme aurait fait une écharpe tombée. Je criai:
—Au secours! au secours! Mlle Perle se trouve mal. Mme Chantal et ses filles se précipitèrent, et comme on cherchait de l'eau, une serviette et du vinaigre, je pris mon chapeau et je me sauvai.

Glisser (to slip)
S'affaisser (to collapse)
Echarpe (scarf)

Je m'en allai à grands pas, le cœur secoué, l'esprit plein de remords et de regrets. Et parfois aussi j'étais content; il me semblait que j'avais fait une chose louable et nécessaire.

Louable, qui mérite des compliments

Je me demandais: "Ai-je eu tort? Ai-je eu raison?" Ils avaient cela dans l'âme comme on garde du plomb dans une plaie fermée. Maintenant ne seront-ils pas plus heureux? Il était trop tard pour que recommençât leur torture et assez tôt pour qu'ils s'en souvinssent avec attendrissement.

Plomb (lead)
Plaie, blessure

Et peut-être qu'un soir du prochain printemps, émus par un rayon de lune tombé sur l'herbe, à leurs pieds, à travers les branches, ils se prendront et se serreront la main en souvenir de toute cette souffrance étouffée et cruelle; et peut-être aussi que cette courte étreinte fera passer dans leurs veines un peu de ce frisson qu'ils n'auront point connu, et leur jettera, à ces morts ressuscités en une seconde, la rapide et divine sensation de cette ivresse, de cette folie qui donne aux amoureux plus de bonheur en un tressaillement, que n'en peuvent cueillir, en toute leur vie, les autres hommes!

Etouffé, contenu
Etreinte, action de serrer dans ses bras
Frisson (thrill)

Tressaillement (shudder)

(16 janvier 1886)

VOCABULAIRE

A

à, to; at; in
à cause de, because of; on account of
à travers, across
abaissement, *m.*, lowering
abaisser, to lower
abandonner, to abandon
abord, *m.*, approach
abstrait, *m.*, abstract
acajou, *m.*, mahogany
accepter, to accept
acclamer, to acclaim; to cheer
accomplir, to accomplish
accorder, to accord; to grant
s'accouder, to rest on one's elbow
accourir, to run up; to hasten up
accueillir, to welcome; to greet
accuser, to accuse
acheter, to buy
achever, to end; to finish
acquérir, to acquire
acte, *m.*, act
adopter, to adopt
adossé, -e, next to
adroit, -e, clever
s'affaiblir, to weaken
affaire, *f.*, matter; thing
affairé, -e, busy
s'affaisser, to collapse
s'agiter, to move; to stir up
agneau, *m.*, lamb
agrandir, to enlarge
agréable, agreeable; pleasant
aider, to help; to assist
aigu, -ë, acute; sharp
aiguille, hand of a clock
ail, *m.*, garlic
ailleurs, elsewhere; **d'ailleurs,** moreover
aimer, to like; to love
aîné, -e, eldest
ainsi, thus
ainsi que, as well as

ajouter, to add
Allemagne, *f.*, Germany
aller, to go; **aller à la chasse,** to go hunting
allumer, to light
allure, *m.*, appearance
ambitieux, -se, ambitious
âme, *f.*, soul
améliorer, to improve
amer, -ère, bitter
Amérique, *f.*, America
amollir, to soften
amonceler, to pile up
amour, *m.*, love
an, *m.*, year
ancêtre, *m.*, ancestor
ancien, ne, before the noun, former; after the noun, ancient; old
âne, *m.*, donkey
ange, *m.*, angel
Angleterre, *f.*, England
année, *f.*, year
antan, yester-year
août, *m.*, August
apaiser, to appease
apercevoir, to perceive; to notice
apitoyer, to move to pity
apparaître, to appear
appauvrir, to impoverish
appel, *m.*, call
appeler, to call
s'appeler, to be called; to be named
appliquer, to apply
apporter, to bring
s'apprêter, to get ready
apprêts, *m. pl.*, preparations
approcher, to approach
s'approcher de, to draw near to
approuver, to approve
arbre, *m.*, tree
ardoise, *f.*, slate
argent, *m.*, money; silver; **papier d'argent,** tin foil

Argonne, *f.*, forest region between rivers Aisne and Aire
arme, *f.*, weapon; arm
armoire, *f.*, wardrobe
armure, *f.*, armor
arracher, to pull out
arrêté, fixed; settled
arrêter, to stop
arrière-train, *m.*, hindquarters
arrivée, *f.*, arrival
arriver, to arrive
arroser, to sprinkle; to wet with alcohol
assassiner, to assassinate
assister à, to attend
s'assoupir, to doze off
assurer, to assure
atelier, *m.*, workshop
atour, *m.*, attire
attendre, to await; to wait for
s'attendrir, to be moved
atterré, -e, stunned; astounded
attraper, to catch
au, *m.*, to the; at the; on the; in the
aucun, -e (ne), any; anyone; not any
audacieux, -e, daring; audacious
augmentation, *f.*, raise
aujourd'hui, today; nowadays
aumône, *f.*, alms
auprès, close to
auquel, to which
aurore, *f.*, dawn
aussi, also; too
autant, as much; so much
autel, *m.*, altar
autoriser, to authorize
autour, around
autre, other
autrefois, formerly
Auvergne, *f.*, former province including departments of Puy-de-Dôme, Cantal and part of Haute-Loire
avancement, *m.*, advancement
avant, before
avare, miserly; stingy
avé, avec
avec, with
avenir, *m.*, future
avertir, to warn
avis, *m.*, opinion
avoir, to have
avouer, to admit

B

babil, *m.*, chatter
baiser, *m.*, kiss
baiser, to kiss
balbutier, to mumble
ballant, swinging; dangling
banderole, *f.*, streamer
barbe, *f.*, beard
barbouiller, to smear
bas, -se, low
bas, *m.*, stocking
bâtir, to build
battant, *m.*, leaf; **ouvrir à deux battants,** to fling the doors wide open
battre, to beat; **battre la mesure,** to keep time
se battre, to fight
beau, bel, belle, fine; beautiful
beaucoup, much; a great deal; a lot; many; very much; very many; **beaucoup de,** a great deal of; many
beau-frère, *m.*, brother-in-law
beauté, *f.*, beauty
bec de gaz, *m.*, lamp-post
bégayer, to stutter
bénir, to bless
berceau, *m.*, cradle
bercer, to rock
berger, *m.*, shepherd
bergère, *f.*, shepherdess
bergerie, *f.*, sheep-fold
besoin, *m.*, need; **avoir besoin de,** to need to
bête, *f.*, animal; beast
beurre, *m.*, butter
beurré, -e, buttered
biche, *f.*, doe
bien, well; all right; **bien sûr,** of course; **si bien,** so much so
bienfaisant, -e, charitable
billon, *m.*, nickel
bissac, *m.*, haversack

bleu, -e, blue
bleu, *m.*, bruise
bœuf, *m.*, ox
bon, -ne, good
bondir, to leap; to jump
bonhomme, *m.*, old fellow; little man
bord, *m.*, bank
botte, *f.*, boot; bundle
bouchée, *f.*, mouthful
bouffée, *f.*, whiff
bouger, to move
bougre, *m.*, fellow
boulangerie, *f.*, baker's shop
boule, ball
bourreau, *m.*, executioner
bout, *m.*, end; bit
boutique, *f.*, small shop
bouton, *m.*, button
brancard, *m.*, stretcher
bras, *m.*, arm
Bretagne, *f.*, Brittany
brièvement, briefly
briller, to shine
briser, to break
broche, *f.*, broach; spit
brosser, to brush
bruit, *m.*, noise
brûler, to burn
brumeux, -se, foggy
bûche de Noël, Yule-log
bucheron, *m.*, woodcutter
bureau, *m.*, office; desk
but, *m.*, goal; aim; object

C

cabinet, *m.*, small room; office
cacher, to hide
cadeau, *m.*, gift; present
calepin, *m.*, note-book
calmer, to quieten down
campagnard, -e, country; rustic
campagne, *f.*, country
campé, -e, set-up; firmly fixed
canif, *m.*, penknife
cantique, *m.*, canticle
car, for; because
caractère, *m.*, character; personality

carambolage, *m.*, carom shot
carré, -e, square
carreau, à carreaux, checked
carte, *f.*, card
cas, *m.*, case
casque, *m.*, helmet
casser, to break
casserole, *f.*, saucepan
cause, *f.*, cause; **à cause de,** because of
causer, to cause
ce, this; that; these; those; he; she; it; they; **ce que,** or, **ce qui,** what; that which
ce, cet, cette, this; that
cela, that
célèbre, celebrated; renowned; famous
celle, celles, see **celui**
celui, *m. s.*, **ceux,** *m. pl.*, **celle,** *f. s.*, **celles,** *f. pl.*, the one; the ones; this one; that one; these; those
cendre, *f.*, ash
cent, one hundred; hundred
centaines, hundreds
centre, *m.*, center
cependant, however
cerceau, *m.*, hoop
cerf, *m.*, deer
cerveau, *m.*, brain
ces, these; those
cesser, to cease
cet, *see* **ce**
cette, *see* **celui**
ceux, *see* **celui**
chaîne, *f.*, chain; range
chair, *f.*, flesh; meat
chaleur, *f.*, heat
champ, *m.*, field
chance, *f.*, luck
chandelle, *f.*, candle
changement, *m.*, change
chanson, *f.*, song
chanter, to sing
chanteur, -euse, singer
chaque, each
char, *m.*, chariot
charmant, -e, charming
charme, *m.*, charm

chasse, *f.*, hunt
chasser, to chase; to hunt
chasseur, *m.*, hunter
châtain, -e, chestnut brown
château, *m.*, castle
châtelaine, *f.*, lady of the manor
chef, *m.*, leader; chief
chef-d'œuvre, *m.*, masterpiece
cheminée, *f.*, chimney; fireplace
chêne, *m.*, oak
chercher, to seek; **aller chercher,** to fetch
cher, chère, dear
chère, *f.*, fare; **aimer la bonne chère,** to be fond of good fare and good living
chien, *m.*, dog
chœur, *m.*, choir
chœsir, to choose
chose, *f.*, thing
chou, *m.*, cabbage
chrétien, - ne, Christian
chrétienté, *f.*, Christendom
christianisme, *m.*, Christianity
chuchoter, to whisper
ciel, *m.*, sky
cire, *f.*, wax
clair, -e, clear
clapier, *m.*, hutch
clarté, *f.*, clarity
clef, *f.*, key
clément, mild
clinquant, *m.*, tinsel
cloche, *f.*, bell
clou de girofle, clove
se **coiffer,** to fix one's hair
coin, *m.*, corner
coincé, -e, stuck; caught between
cocotte, *f.*, sauce-pan
colis, *m.*, package
colline, *f.*, hill
combattre, to fight; to combat
comme, as; like; how!
commencement, *m.*, beginning
commettre, to commit
comparaître, to appear
comparer, to compare
complet, *m.*, suit of clothes
complètement, completely
composer, to compose; **se composer de,** to be composed of
compositeur, *m.*, composer
comprendre, to understand
compris, included
comte, *m.*, count
comté, *m.*, county
concours, *m.*, assistance
comdamner, to condemn
conduire, to lead
confectionner, to make
confiance, *f.*, confidence
confiant, -e, trusting
confronter, to confront; to face
congé, *m.*, leave
connaissance, *f.*, acquaintance
connaître, to be acquainted with; to know
conquête, *f.*, conquest
corriger, to correct
conséquence, *f.*, consequence
conserve, *f.*, canned good
conserver, to conserve; to keep
considérer, to consider; to take into consideration
consommer, to consume
constater, to notice
constitué, -e, composed of; made up
construire, to build; to construct
conte, *m.*, short story
contenir, to contain
continuer à, to continue
convaincre, to convince
copieusement, copiously
cortège, *m.*, procession
costume, *m.*, dress; suit
costumé, -e, dressed; costumed
côte, *f.*, coast
côté, *m.*, side
coucher, to lay down
se **coucher,** to go to bed
coudre, to sew
couler, to flow
couleur, *f.*, color
coup, *m.*, blow; stroke; coup d'œil, glance; **coup de pied,** kick
couper, to cut
cour, *f.*, court; yard; **faire la cour,** to court

courber, to bend
couronner, to crown
courrier, *m.*, correspondence; mail
courroux, *m.*, wrath
cours, *m.*, course; **au cours de**, in the course of
court, -e, short
coûter, to cost
coûtex, -se, costly
coutume, *f.*, custom
couvent, *m.*, convent
couvrir, to cover
craindre, to fear
crainte, *f.*, fear
crasseux, -se, dirty; filthy
crèche, *f.*, crèche; manger
crème, *f.*, cream
crépiter, to crackle
crête de coq, comb
creuser, to dig
cri, *m.*, scream
croire, to believe
croissant, (*v.* croître), increasing
croix, *f.*, cross
cru, *f.*, vintage; **de cru**, of the country; local
cruche, *f.*, jug
cueillette, *f.*, gathering
cueillir, to pick; to gather
cuir, *m.*, leather
cuire, to cook
cuivre, *m.*, brass
curieux, -se, curious; strange
cuvette, *f.*, basin

D

dactylographe, *f.*, typist
danois, -e, Danish
dans, in; into
davantage, more
de, of; from; in; with; some; any
debout, standing
début, *m.*, beginning
déclencher, to start
décor, *m.*, decorum
décorer, to decorate
se décrier, to bring oneself into disrepute
déçu, -e, disappointed
dédaigner, to disdain
déesse, *f.*, Goddess
défendre, to defend; to forbid
déférence, *f.*, deference; respect
défini, -e, determined; precise
définitivement, finally; for good
dégagé, -e, casual
déguster, to relish; to enjoy
délicatesse, *f.*, tactfulness
délivrer, to deliver
demander, to ask; to ask for
déménagement, *m.*, moving
demeurer, to live; to remain
demi, -e, half
dent, *f.*, tooth
se dépêcher, to hurry
dépense, *f.*, expense
dépenser, to spend
déranger, to disturb
dernier, -ère, last
derrière, behind; back of
se dérober, to evade
des, of the; some
dès, as long ago as; as far back as
descendre, to come down; to descend
désordre, *m.*, disorder; untidy
dessinateur, *m.*, designer
détenu, *m.*, prisoner
détruire, to destroy
dette, *f.*, debt
deuil, *m.*, mourning
devant, in front of
devenir, to become
deviner, to guess
dévoiler, to unveil
devoir, *m.*, duty
devoir, to owe; to have to; must
dévoué, -e, devoted
digne, worthy
diligence, *f.*, stage-coach
dimanche, *m.*, Sunday
dinde, *f.*, turkey
dindon, *m.*, turkey
dire, to say; to tell; **c'est-à-dire**, that is to say
diriger, to direct
se distinguer, to distinguish oneself

distraire, to amuse; to entertain
doigt, *m.,* finger
dominer, to dominate
don, *m.,* gift; donation
donc, then
donner, to give
dont, whose; of which
doré, -e, golden; gilded
dorénavant, henceforth
dormir, to sleep
dot, *f.,* dowry
double, duplicate; **en double,** in duplicate
douleur, *f.,* pain
doute, *m.,* doubt
doux, -ce, mild; gentle; soft; sweet
drame, *m.,* drama
drap, *m.,* sheet; cloth
dresser, to set up
droit, *m.,* right
droit, -e, right
du, of the; from the; in the; some; any
duc, *m.,* duke
duché, *m.,* duchy
dur, -e, hard
durer, to last
dussè-je, should I (*v.* **devoir**)

E

eau-de-vie, *f.,* brandy
éblouissant, -e, dazzling
échange, *m.,* exchange
écharpe, *f.,* scarf
s'échapper de, to escape from
échelle, *f.,* ladder
éclairer, to light
éclat, *m.,* burst; roar
éclore, to be born
école, *f.,* school
écouter, to listen
écrire, to write
effarouché, -e, frightened
effet, *m.,* effect; **en effet,** indeed
effrayé, -e, frightened
égayer, to enliven
église, *f.,* church

égoïsme, *m.,* selfishness
élever, to raise
emballage, *m.,* wrapping
embrasser, to kiss; to embrace
emmener, to take away; to lead away
emmitouflé, -e, muffled up
émouvant, -e, moving; touching
s'emparer, to seize
emplette, *f.,* purchase
employer, to employ; to use
empressement, *m.,* promptitude
emprunter, to borrow
en, in; at; to; by; of it; about it; of them; some; any
enchaîner, to put in chains
encombrer, to encumber; to litter
s'endetter, to go into debt
s'endormir, to go to sleep
endroit, *m.,* place
enfance, *f.,* childhood
enfant, *m.* & *f.,* child
enfermer, to enclose; to lock up
enfin, finally; at last
enflammer, to set on fire
s'enfuir, to flee
engourdi, -e, dull; torpid
engraisser, to fatten
enlever, to remove
énorme, enormous; huge
enrubanner, to trim with ribbons
ensemble, together
ensoleillé, -e, sunny
ensuite, afterwards; then; next
entendre, to hear
s'entendre, to get along
enterrement, *m.,* funeral
entièrement, entirely
entonner, to intone; to sing
entouré, -e, surrounded
entrain, *m.,* liveliness; cheerfulness
entraîner, to carry along
entrave, *f.,* shackle
entre, between
entrefaites, sur ces entrefaites, in the midst of all this
entrer, to enter
entretemps, meanwhile
envelopper, to wrap

environs, *m. pl.*, surroundings
envoyer, to send
épaisseur, *f.*, thickness
s'épanouir, to brighten up
éparpiller, to scatter
épaule, *f.*, shoulder
épicier, *m.*, grocer
éponge, *f.*, sponge
époque, *f.*, epoch; era
épouse, *f.*, wife; spouse
épouser, to wed; to marry
éprouver, to feel
épuisé, -e, exhausted
équipage, *m.*, retinue; horse and carriage
errer, to wander
espèce, *f.*, sort
espérer, to hope
esprit, *m.*, spirit; mind
essayer, to try
essoufflé, -e, out of breath
essuyer, to wipe
est, *m.*, east
estimer, to estimate
estomac, *m.*, stomach
étable, *f.*, cow-shed
établir, to establish
étaler, to spread
état, *m.*, state
Etats-Unis, *m. pl.*, The United States
été, *m.*, summer
éteindre, to extinguish
étendre, to spread
éternuer, to sneeze
étinceler, to glitter
étoffe, *f.*, material
étoile, *f.*, star; étoile filante, shooting star
étonnant, -e, surprising
étouffer, to suffocate; to smother
étranger, -ère, foreign
étrangler, to choke
être, to be; être en train de, to be in the act of
étrenne, *f.*, New Year's gift
événement, *m.*, event
éviter, to avoid
évoquer, to evoke; to bring to mind

exiger, to demand
exister, to exist
expliquer, to explain
exprimer, to express
extase, *f.*, ecstasy

F

fabricant, *m.*, manufacturer
facétieux, -se, facetious
se fâcher, to get angry
facile, easy
façon, *f.*, manner; fashion
facteur, *m.*, postman
faible, weak
faillir, to narrowly miss
faim, *f.*, hunger
faire, to make; to do
faiseur, *m.*, maker
fameux, -se, famous; well-known
fané, -e, faded
farceur, *m.*, joker
farcir, to stuff
fardeau, *m.*, load
farine, *f.*, flour
faucille, *f.*, sickle
faute, *f.*, fault
fauteuil, *m.*, armchair
félicitation, *f.*, congratulation
féliciter, to congratulate
femme, *f.*, woman; wife
fenêtre, *f.*, window
féodalisme, *m.*, feudalism
fer, *m.*, iron
ferme, *f.*, farm
fermer, to close; to shut
féroce, ferocious
fessée, *f.*, spanking
fête, *f.*, feast; festival
fêter, to celebrate
feu, *m.*, fire
feuille, *f.*, leaf
fève, *m.*, bean hidden in Twelfth-Night cake
fiacre, *m.*, cab
ficher tout en plan, to give up everything
fidèle, faithful
fier, -ère, proud

figé, -e, nailed on the spot
figure, *f.,* face
filant, -e, shooting
fille, *f.,* girl; daughter; **vieille fille,** old maid
fillette, *f.,* little girl; lassie
fin, *f.,* end
fin, -e, fine; delicate; astute
flamber, to blaze up; to burn
flamme, *f.,* flame
fleur, *f.,* flower
flotter, to wave
fluxion, *f.,* inflammation
foie, *m.,* liver
foin, *m.,* hay
foire, *f.,* fair
fois, *f.,* time
folie, *f.,* madness; passion
foncer, to darken
fonctionnairre, official; civil servant
fond, *m.,* bottom; back
fonte, *f.,* cast-iron
force, *f.,* strength
forêt, *m.,* forest
forme, *f.,* shape
fort, -e, strong
fossé, *m.,* ditch
fossette, *f.,* dimple
fou, folle, crazy
fouettard, Père Fouettard, boggyman; father spanker
fouetter, to flog
foule, *f.,* crowd
four, *m.,* oven
fourbi, -e, polished
foyer, *m.,* fire-place; home
frais, fraîche, fresh
frais, *m.,* expense
français, -e, French
Français, *m.,* Frenchman
franchement, frankly
frapper, to knock; to strike
frémir, to shudder
frère, *m.,* brother
friandises, *m. pl.,* sweets; candies
fripé, -e, crimpled
froid, -e, cold
froidement, coldly

front, *m.,* forehead
frotter, to rub
fuir, to flee
fumé, -e, smoked
fumer, to smoke
fumeux, -se, smoky
fusil, *m.,* rifle

G

gagner, to win; to earn
galéjade, *f.,* tall story
galerie, *f.,* gallery; **à galerie,** with a baggage-rack
galette, *f.,* pancake
garçon de bureau, *m.,* office boy
garder, to keep
garnir, to garnish
gâteau, *m.,* cake
gâter, to spoil
gazouiller, to babble; to twitter
gêne, *f.,* annoyance; discomfort
génie, *m.,* genius
genou, *m.,* knee
genre, *m.,* kind; sort
gens, *m. pl.,* people
gentil, -le, nice; pleasant
git, lies; **ci-git,** here lies (*v.* **gésir**)
glace, *f.,* mirror
glacé, -e, iced
glisser, to slide; to slip
gloire, *f.,* glory
goguenard, -e, mocking
gourmet, epicure
gousse d'ail, clove of garlic
goût, *m.,* taste
goûter, to taste
goutte, *f.,* drop
grâce, *f.,* grace; **grâce à,** thanks to; **faire grâce,** to spare; to let off
graine, *f.,* seed
grand, -e, great; big; large; tall; **un grand homme,** a great man; **un homme grand,** a tall man
grandeur, *f.,* size; greatness; **grandeur nature,** life size
grandir, to grow
grand-mère, *f.,* grandmother

grand-père, *m.*, grandfather
grassouillette, *f.*, fat; plump
gratter, to scratch
grave, serious
grenier, *m.*, attic
griffonner, to scribble
griller, to roast
gris, -e, grey
grive, *f.*, thrush
Groenland, *m.*, Greenland
grossièrement, crudely
grue, *f.*, crane
guilleret, sprightly

H

habileté, *f.*, skill
habit, dress-suit; tails
habiter, to inhabit
habitude, *f.*, habit; **d'habitude,** usually
haine, *f.*, hate
hardi, -e, daring; bold
haricot, *m.*, bean
harnais, *m.*, harness
haut, -e, high
hautbois, *m.*, oboe
hélas! alas!
herbe, *f.*, grass; herb
heureux, -se, happy
hideux, -se, hideous
histoire, *f.*, history; story
hiver, *m.*, winter
homard, *m.*, lobster
homme, *m.*, man
honte, *f.*, shame
honteux, -se, shameful; disgraceful
hors, out; outside
hostie, *f.*, wafer
hôte, *m.*, host; guest
hôtel, *m.*, hotel; home
hotte, *f.*, basket
huissier, *m.*, usher
huître, *f.*, oyster
hurler, to howl; to yell

I

ici, here
idée, *f.*, idea

idiome, *m.*, language
Ile-de-France, former province, included departments of Aisne, Oise, Seine, Seine-et-Oise, Seine-et Marne and part of Somme
importer, to matter. **Qu'importe!** what does it matter!
inaperçu, -e, unnoticed
s'incliner, to bow
inconnu, -e, unknown
Inde, *f.*, India
indigence, *f.*, poverty
indigent, *m.*, poor
infailliblement, infallibly
inouï, -e, unprecedented; amazing
inquiet, -ète, worried
interdire, to forbid
intime, intimate
inutile, useless
invité, *m.*, guest
ivresse, *f.*, ecstasy

J

jamais, ever; ne . . . jamais, never
jambon, *m.*, ham
janvier, *m.*, January
jardin, *m.*, garden
jaune, yellow
jeter, to throw
jeton, *m.*, token
jeune, young
joie, *f.*, joy; happiness
se **joindre à,** to join with
joli, -e, pretty
joliment, nicely; prettily
jonché, -e, strewed
joue, *f.*, cheek
jouer, to play
jouet, *m.*, toy
jupon, *m.*, petticoat
jurer, to swear
jusqu'à, -au, -aux, until; up to; as far as
juste, just; **tout juste,** barely

L

là, there
laine, *f.*, wool

laisser, to leave
lait, *m.*, milk
laiterie, *f.*, dairy
lancer, to launch
lange, *m.*, diaper
langue, *f.*, language
languir, to languish
lard, *m.*, bacon
large, wide
larme, *f.*, tear
las, -se, tired; weary
laurier, *m.*, laurel
lécher, to lick
lendemain, *m.*, next day; tomorrow
lentement, slowly
lequel, laquelle, lesquels, lesquelles, which; whom
leur, their; to them
lever, to raise
se lever, to get up
lèvre, *f.*, lip
lévite, levite; ecclesiastic
libre, free
lieu, *m.*, place; avoir lieu, to take place; au lieu de, in place of
linge, *m.*, linen
lingot, *m.*, ingot
lire, to read
lit, *m.*, bed
livraison, *f.*, delivery
livre, *m.*, book
livrée, *f.*, livery
livrer, to yield
livreur, delivery man
loger, to lodge
logis, *m.*, lodging
loi, law
loin, far
lointain, *m.*, far distance
long, - ue, long; le long de, along
longer, to go along; to skirt
lorrain, - e, from Lorraine
lorsque, when
louable, praiseworthy
louange, *f.*, praise
loup, *m.*, wolf
lui, to him; to her
lueur, *f.*, gleam
luire, to shine

lumière, *f.*, light
luth, *m.*, lute
luzerne, *f.*, alfalfa

M

machoire, *f.*, jaw
machin, *m.*, thingumbob
machinalement, unconsciously
magasin, *m.*, store
mage, *m.*, wise man
maigre, thin
magnifique, magnificent
maintenant, now
mais, but
maison, *f.*, house
maisonnée, household
maître, *m.*, ruler; master
maîtresse de maison, *f.*, housewife
mal, badly; mal soigné, badly kept;
se trouver mal, to faint
malgré, in spite of
malheur, *m.*, misfortune
malheureusement, unfortunately
malheureux, -se, unhappy; wretched
manger, to eat
manquer, to lack
marbre, *m.*, marble
marchand, *m.*, merchant; vendor
marche, *f.*, step
marché, *m.*, market; market place
mariage, *m.*, marriage
se marier avec, to marry
marraine, *f.*, Godmother
marron, *m.*, chestnut; blow
marronnier, *m.*, chestnut tree
martinet, *m.*, scourge
marseillais, -se, from Marseille
matin, *m.*, morning
maudit, -e, confound
mauvais, - e, bad; evil
méchant, -e, mean
médaille, *f.*, medal
méduser, to petrify
meilleur, -e, better; best
membre, *m.*, member
même, same; even
menacer, to threaten, to menace

ménage, *m.,* housekeeping
mendiant, *m.,* beggar
mendicité, *f.,* begging
mener, to lead
ménestrel, *m.,* minstrel
menu, -e, small; tiny
se **méprendre,** to be mistaken
mère, *f.,* mother
mériter, to deserve
mésange, *m.,* titmouse
messe, *f.,* mass
muni, -e, equipped
mesure, *f.,* measure; **battre la mesure,** to keep time
mettre; to put; **se mettre à,** to begin
mets, *m.,* dish
meuble, *m.,* piece of furniture
meunier, *m.,* miller
miche, *f.,* round loaf
mieux, better; best
mignon, *m.,* dainty
milieu, *m.,* middle; midst; **au milieu de,** in the middle of
mince, thin
minuit, midnight
mioche, *m.,* young child
miroir, *m.,* mirror
mobilier, *m.,* furniture
modeleur, *m.,* modeller; statuette-maker
modérer, to moderate; to subdue
moi, me; I
moins, less
monde, *m.,* world; **tout le monde,** everybody
montagne, *f.,* mountain
monter, to go up
montrer, to show; to indicate
morceau, *m.,* piece
mort, *f.,* death
mortel, *m.,* mortal
mot, *m.,* word
se **moucher,** to blow one's nose
mourir, to die
mousse, *f.,* moss
mouton, *m.,* sheep
moyen, *m.,* means
muet, -te, speechless

mugir, to howl
muni, -e, equipped
murmurer, to whisper; to murmur
muscade, *f.,* nutmeg
musée, *m.,* museum
musette, *f.,* bag-pipe
myrrhe, *f.,* myrrh

N

nage, *f.,* swimming; **en nage,** bathed with perspiration
naissance, *f.,* birth
naître, to be born
nappe, *f.,* table-cloth
navet, *m.,* turnip
navré, -e, grieved
ne, not; **ne . . . pas,** not; **ne . . . jamais,** never; **ne . . . plus,** no more; **ne . . . rien,** nothing
né, past part, of **naître**
néanmoins, nevertheless; none the less
nécessaire, necessary
nègre, negro
neige, *f.,* snow
neuf, -ve, new
nid, *m.,* nest
Noël, *m.,* Christmas
Noël, *f.,* Christmas time (elliptical form of **la fête de Noël**)
noir, -e, black
noircir, to blacken
noix, *f.,* nut
nom. *m.,* name
nombreux, -se, numerous
nourrir, to feed
nourriture, *f.,* food
nouveau, -el, -elle, -eaux, new; **de nouveau,** again
nouvelle, *f.,* news
nuage, *m.,* cloud
nuit, *f.,* night

O

obéissant, -e, obedient
obliger, to oblige
obstinément, obstinately

obtenir, to obtain
occuper, to occupy; s'occuper de, to be occupied with
odorant, -e, sweet-smelling
œil, *m.*, eye; coup d'œil, glance
œuf, *m.*, egg
œuvre, *f.*, work of art
offenser, to offend
offrir, to offer
ombre, *f.*, shadow; shade
on, one; people; we; you; they
ongle, *m.*, nail
or, *m.*, gold
ordonner, to order
orgue, *m.*, organ
orgueil, *m.*, pride
os, *m.*, bone
oser, to dare
ôter, to remove
ou, or
où, where
oublier, to forget
ouragan, *m.*, hurricane
outil, *m.*, tool

P

page, *f.*, page; à la page, up to date
paille, *f.*, straw
palefroi, *m.*, steed
Pape, *m.*, Pope
papier, *m.*, paper; papier d'argent, tin foil
papillon, *m.*, butterfly
Pâques, Easter
par, by; through; par conséquent, consequently
parcourir, to pass through
Pardieu! To be sure!
pareil, -le, like; sans pareil, unmatched
parfois, every so often
parler, to speak; to talk
parmi, among
paroissien, *m.*, parishioner
parole, *f.*, word
parquet, *m.*, floor
parrain, *m.*, Godfather
partager, to divide

parterre, *m.*, pit
partie, *f.*, part
partout, everywhere
parvenir, to reach
passant, *m.*, passer-by
passer, to pass
patron, -ne, boss; patron
patte, *f.*, leg
paupière, *f.*, eyelid
pauvre, poor
payer, to pay
pays, *m.*, country; region; fellow countryman
paysage, *m.*, scenery
paysan, *m.*, farmer; peasant
péché, *m.*, sin
pêcheur, *m.*, fisherman
peindre, to paint
peine, *f.*, pain; grieve; trouble
peintre, *m.*, painter
peluche, *f.*, plush; shag
pencher, to lean
pendre, to hang
pendule, *f.*, clock
pénétrer, to penetrate
perdreau, *m.*, young partridge
père, *m.*, father
perle, *f.*, pearl
permettre, to
personne, *f.*, person; grande personne, grown-up
peu, few; un peu de, a little bit; à peu près, almost
peuplier, *m.*, poplar
peur, *f.*, fear; avoir peur, to be afraid
peut-être, perhaps
pichonnet, *m.*, little child
pièce, *f.*, room; coin
pierre, *f.*, stone; pierre de taille, freestone
piété, *f.*, piety
pinceau, *m.*, brush
pincée, *f.*, pinch
piqué, -e, larded
pittoresque, picturesque
plaie, *f.*, wound
plaindre, to pity
plaisanterie, *f.*, joke

plâtre, *m.,* plaster
plein, -e, full
pleurer, to weep; to cry
plomb, *m.,* lead
pluie, *f.,* rain
plupart, most; **la plupart de,** the largest part of
plus, more; **plus tard,** later
plusieurs, several
plutôt, rather
poche, *f.,* pocket
poêle, *m.,* stove
poignée, *f.,* handful; **poignée de verges,** birch twigs
poil, *m.,* hair of an animal
point, not, not at all
pointu, -e, pointed
pois, *m.,* pea
poitrine, *f.,* chest
polychrome, polychromatic
pomme, *f.,* apple
pont, *m.,* bridge; **pont-levis,** drawbridge
portail, *m.,* portal; doorway
porte, *f.,* door
porte-bonheur, *m.,* lucky charm
porter, to wear; to carry
poser, to put; to set down
potée, *f.,* boiled vegetables
poule, *f.,* hen
poulet, *m.,* chicken
poupée, *f.,* doll
poupon, *m.,* baby
pour, for; in order to
pourquoi, why
poussée, *f.,* push
pousser, to push; to grow
poussière, *f.,* dust
pouvoir, to be able; can
pouvoir, *m.,* power
se **pratiquer,** to be practised
prêcher, to preach
précipiter, to precipitate
préféré, -e, favorite; preferred
premier, -ère, first
prendre, to take
prénom, *m.,* Christian name
près, near
presque, almost

prêt, -e, ready
prêtre, *m.,* priest
prévenir, to warn
prier, to pray; to ask
procès, *m.,* trial
proie, *f.,* prey
se **promener,** to stroll; to take a walk
promettre, to promise
propre, clean
provençal, *m.,* language spoken in Provence
provençal, -e, of Provence
provision, *f.,* provision; supply; **aller aux provisions,** to go shopping
pruneau, *m.,* prune
pugilat, *m.,* fist-fight
puis, then
puissant, -e, powerful

Q

quand, when
quartier, *m.,* portion
que, whom; which; that
quelque, some; **quelque part,** somewhere; **quelqu'un,** someone
queue, *f.,* tail; cue
qui, who; which; whom
quiconque, whosoever
quitte, discharged; **quitte à,** at the risk of
quitter, to leave
quoique, although

R

railleusement, mockingly
raison, *f.,* reason; **avoir raison,** to be right
raisonner, to reason
rallumer, to light up again
ramier, *m.,* ring-dove
rang, *m.,* rank
se **rapporter à,** to refer to
rarement, rarely
raser, to shave
rattraper, to catch up with
ravi, -e, delighted

ravissant, -e, ravishing; lovely
rayonnement, *m.,* radiance
rayonner, to radiate
recette, *f.,* recipe
recevoir, to receive
récompenser, to reward
reconnaissance, *f.,* gratitude
reconnaître, to recognize
recueillir, to take in
réel, -le, real
rédacteur, *m.,* editor
rédempteur, redeemer; saviour
se **redresser,** to hold oneself erect
refuser, to refuse
regard, *m.,* glance
regarder, to look at
règle, *f.,* rule; **en règle,** according to the rules
regorger, to regurgitate
reine, *f.,* queen
se **réjouir,** to rejoice
reluire, to shine again
remercier, to thank
remettre, to put back
remouleur, *m.,* knife-grinder
remplacer, to replace
remplir, to fill
rencontrer, to meet; to encounter
rendre, to render; to make
se **rendre,** to go; se **rendre compte,** to realize
renne, *m.,* reindeer
renvoyer, to send back
répandre, to spread
repartir, to start off again
repas, *m.,* meal
réponse, *f.,* answer
se **reposer,** to rest
repoussant, -e, repulsive
reprendre, to take up again; to resume
reprocher, to reproach
résolu, -e, determined
résonner, to resonate
ressembler à, to look like; to resemble
respirer, to breathe
reste, *m.,* remain
rester, to remain; to stay

retentir, to sound
se **retirer,** to retire; to withdraw
réussir, to succeed
rêve, *m.,* dream
se **réveiller,** to wake up
réveillon, *m.,* Christmas or New Year's Eve party
réveillonner, to go to a réveillon
revenir, to come back
rêver, to dream
rêveur, *m.,* dreamer
rhume, *m.,* cold
riche, rich
richesse, *f.,* wealth
ridé, -e, wrinkled
rideau, *m.,* curtain
rire, to laugh
rite, *m.,* rite
rivière, *f.,* river
riz, *m.,* rice
robe, *f.,* dress
rôder, to prowl
roi, *m.,* king; **les Rois Mages,** the Three Wise Men
Romain, -e, Roman
roman, *m.,* novel
rond, -e, round
ronfler, to snore
ronger, to gnaw
rosée, *f.,* dew
rôti, *m.,* roast
rouge, red
rougir, to blush
rouler, to roll
route, *f.,* road; highway

S

sa, *f.,* see **son**
sabot, *m.,* wooden shoe; hoof
sac, *m.,* sack
sacrer, to crown
sage, good; wise
saint, -e, saint
saisir, to grasp
sangloter, to sob
sans, without
santon, *m.,* figurine
sapin, *m.,* fir-tree

sarrassin, *m.*, buckwheat
saucisson, *m.*, sausage
sauf, except
saut, *m.*, jump
sauter, to jump
sauver, to save
Sauveur, *m.*, Saviour
savoir, to know
Savoyard, -e, inhabitant from Savoie
sec, sèche, dry
sèchement, dryly
secouer, to shake
secours, *m.*, help; assistance
secrétaire, secretary
semaine, *f.*, week
sembler, to seem
sens, *m.*, direction
sentir, to feel
serrer, to clasp; to clench
serviette, *f.*, napkin
seuil, *m.*, threshold; doorstep
seul, -e, single; alone; only
si, if
siècle, *m.*, century
siffler, to whistle
se **signer,** to make the sign of the Cross
silencieux, -se, silent
singulier, strange; peculiar
soigné, -e, trim; well kept; **mal soigné,** badly groomed
soigneusement, carefully
sol, *m.*, ground
soleil, *m.*, sun
somme, *f.*, amount; **en somme,** in short
son, *m.*, sound
son, his, hers, its
songer, to think, to dream
sonner, to ring; to sound; to peal
sortir, to go out; to leave
sou, *m.*, penny
souci, *m.*, anxiety
soucieux, -se, worried
soudain, suddenly
souffle, *m.*, puff
souffleur, *m.*, prompter
souhaiter, to wish
se **soulever,** to raise oneself

souquenille, *f.*, shabby worn garment
sourciller, to frown
sourire, to smile
sous, under
sucre, *m.*, sugar
sucreries, *f. pl.*, sweets
suffire, to be enough
suie, *f.*, soot
suivre, to follow
supprimer, to suppress
sur, on
sûr, -e, sure
surnom, *m.*, nickname
surtout, above all; especially
survivant, -e, survival
survivre, to survive; to outlive

T

tache, *f.*, blemish; **tache originelle,** original sin
taille, *f.*, size
tailleur, *m.*, tailor
taire, to hush up; **se taire,** to hold one's tongue
tambourinaire, *m.*, tambourine player
tandis que, while
tant, so much
tant pis! never mind
taper à la machine, to write on a typewriter
tapis, *m.*, rug
tard, late
tarder, to be long
tas, *m.*, heap; pile
teinturier, *m.*, dyer and cleaner
tel, un tel, such a; **tels que,** such as
témoin, *m.*, witness
temps, *m.*, time; weather
tendre, to stretch
tendre, tender
tenir, to hold; **tenez!** look here!
terre, *f.*, earth; ground
terre cuite, *f.*, terra-cotta
terrestre, earthly; **paradis terrestre,** garden of Eden
terreur, *f.*, terror

testament, *m.*, will
tête, *f.*, head
tirer, to pull; to shoot
tisane, *f.*, infusion
toilette, *f.*, dress; outfit
tomber, to fall
ton, *m.*, tone
torche, *f.*, torch
se **tordre de rire,** to be convulsed with laughter
touchant, -e, touching; moving
touffe, *f.*, tuft; bunch
tour, *m.*, turn
tourbillonner, to whirl
tout, tous, toute, toutes, all; every
tousser, to cough
toutefois, however
train, *m.*, train; **en train de,** in the act of
tranche, *f.*, slice
travailler, to work
traverser, to cross
trébucher, to stumble
tremper, to dip
trépasser, to die; to pass away
très, very
tricot, *m.*, sweater
triste, sad
tristesse, sadness
se **tromper,** to make a mistake
trompette, *f.*, trumpet
trompette, *m.*, trumpeter
tronc, *m.*, trunk
trouvaille, *f.*, discovery
trouver, to find
truffer, to stuff with truffles
tuyau, *m.*, pipe

U

un, -e, a, an; one
usine, *f.*, manufactory; plant

V

vallée, *f.*, valley
se **vanter,** to boast; to brag
veille, *f.*, eve
venaison, *f.*, venison

venir, to come
verge, *f.*, cane; switch
verdâtre, greenish
véritable, real
vers, toward
vert, -e, green
vêtement, *m.*, clothes
vêtu, -e, clothed
veuve, *f.*, widow
vide, empty
vie, *f.*, life
Vierge, Virgin
vieux, vieil, vieille, old
vif, -ve, brisk; vivid
vilain, -e, ugly
ville, *f.*, city; town
vin, *m.*, wine
viser, to aim
vite, fast; quickly
vitre, *f.*, window-pane
vitrine, *f.*, shop-window; show-window
vivre, to live; **faire vivre,** to keep alive; **Vive!** Long live!
vœu, *m.*, wish
voir, to see
voiture, *m.*, vehicle; carriage
voix, *f.*, voice
vol, *m.*, flight
volée, *f.*, **sonner à toute volée,** to ring a full peal
volontiers, willingly
voltiger, to flutter
vouloir, to want; to wish
vrai, -e, real
vraiment, really

Y

y, there; **il y a,** there is; there are

NTC FRENCH TEXTS AND MATERIAL

Computer Software
Basic Vocabulary Builder on Computer

Conversation Books
Tour du monde francophone Series
Visages du Québec
Images d'Haïti
Promenade dans Paris
Zigzags en France
Getting Started in French

Contemporary Life and Culture
Un jour dans la vie
Face-à-face
Lettres de France
Lettres des provinces
Réalités françaises
Les jeunes d'aujourd'hui

Contemporary Culture—in English
Welcome to France
Focus on Europe Series
  France: Its People and Culture
  Belgium: Its People and Culture
  Switzerland: Its People and Culture
Life in a French Town
French Sign Language
Life—French-Style Series
The Regions of France Series

Civilization and History
Un coup d'oeil sur la France
Les grands hommes de la France

Puzzle and Word Game Books
Easy French Crossword Puzzles
Easy French Word Games
Easy French Grammar Puzzles
Amusons-nous

Text/Audiocassette Learning Packages
Just Listen 'n Learn French
Sans frontières (Book II)

High-Interest Readers
Les Aventures canadiennes Series
  Poursuite à Québec
  Mystère à Toronto
  Danger dans les Rocheuses
Monsieur Maurice Mystery Series
  L'affaire du cadavre vivant
  L'affaire des tableaux volés
  L'affaire des trois coupables
  L'affaire québécoise
  L'affaire de la Comtesse enragée
Les Aventures de Pierre et de Bernard Series
  Le collier africain
  Les contrebandiers
  Le trésor des pirates
  Le Grand Prix
  Les assassins du nord

Literary Adaptations
Les trois mousquetaires
Le comte de Monte-Cristo
Candide ou l'optimisme
Carmen
Tartarin de Tarascon
Colomba
Le voyage de Monsieur Perrichon
Le Capitaine Fracasse

Cross-Cultural Awareness
Rencontres culturelles
Vive la France!
Noël

Graded Readers
Petits contes sympathiques
Contes sympathiques

Adventure Stories
Les aventures de Michel et de Julien
Le trident de Neptune
L'araignée
La vallée propre
La drôle d'équipe Series
  La drôle d'équipe
  Les pique-niqueurs
  L'invasion de la Normandie
  Joyeux Noël
Uncle Charles Series
  Allons à Paris!
  Allons en Bretagne!

Intermediate Workbooks
Ecrivons mieux!
French Verb Drills

Duplicating Masters
The French Newspaper
The French Magazine
Loterie: Creative Vocabulary Bingo
Loterie: Creative Verb Bingo
Jeux de grammaire
Jeux culturels
Jeux faciles
Mots croisés faciles
Amusons-nous

Transparencies
Situations de tous les jours

Dictionaries
Harrap's New Collegiate French and English Dictionary
Harrap's New Pocket French and English Dictionary
Harrap's Concise Student French and English Dictionary
Harrap's Super-Mini French and English Dictionary

For further information or a current catalog, write:
National Textbook Company
4255 West Touhy Avenue
Lincolnwood, Illinois 60646-1975 U.S.A.